诺贝尔文学奖作品精选 插图版

Nobel laureates in Literature

夏夜里的人们

〔芬〕弗兰斯·埃米尔·西兰帕／著

王晓敏／编译

海豚出版社
DOLPHIN BOOKS
CICG 中国国际传播集团

图书在版编目（CIP）数据

夏夜里的人们 / （芬） 弗兰斯·埃米尔·西兰帕著 ； 王晓敏编译 . -- 北京 ： 海豚出版社， 2025. 6. --（诺贝尔文学奖作品精选）. -- ISBN 978-7-5110-7339-6

Ⅰ . I531.45

中国国家版本馆 CIP 数据核字第 2025MH0239 号

夏夜里的人们

（芬）弗兰斯·埃米尔·西兰帕 **著** 王晓敏 **编译**

出 版 人 王 磊
责任编辑 熊 隽
文字编辑 台文娟
特约编辑 文 萍
封面设计 宋双成 冉振琴
责任印制 蔡 丽
法律顾问 北京市君泽君律师事务所 马慧娟 刘爱珍
出　　版 海豚出版社
地　　址 北京市西城区百万庄大街24号
邮　　编 100037
电　　话 010-68325006（销售） 010-68996147（总编室）
印　　刷 天津泰宇印务有限公司
经　　销 全国新华书店及各大网络书店
开　　本 710 mm×1000 mm 1/16
印　　张 11
字　　数 125千
版　　次 2025年6月第1版 2025年6月第1次印刷
标准书号 ISBN 978-7-5110-7339-6
定　　价 39.80元

开篇语

《夏夜里的人们》是芬兰著名作家、诺贝尔文学奖获得者弗兰斯·埃米尔·西兰帕的代表作之一，该作品主题深刻、情感丰富、文笔细腻，能以独特的魅力，引领每一位读者步入一个远离尘嚣、恬静悠然的芬兰乡村夏夜。在西兰帕的笔下，夏夜不仅仅是时间的标记，它还化作了一种氛围，一种能够触动人心、唤醒记忆的情愫，让读者仿佛亲身穿梭于那片遥远而神秘的土地之上。

小说以一种近乎诗意的叙述方式，将芬兰乡村的自然风光与人文景观描绘得淋漓尽致。月光下的田野、轻轻摇曳的麦浪、远处偶尔传来的牛铃声，以及那不绝于耳的夏虫鸣唱，构成了一幅幅生动的画面，让人沉醉。西兰帕通过这些细腻的描写，展现了大自然的宁静与和谐，同时也反映了乡村居民与自然环境之间那种不可分割的紧密联系。

书中的人物各具特色，他们或勤劳善良，或机智幽默，或忧郁深沉，他们的故事交织在一起，构成了小村庄丰富多彩的生活画卷。无论是青年男女间纯洁质朴的爱情，还是家庭成员间深厚无言的亲情，抑或是邻里乡亲间那简单真挚的友情，都在这夏夜的背景下显得尤为温暖

人心。这些情感的流露，既体现了人性的美好，又反映了乡村社会特有的温馨与和谐。

西兰帕巧妙地运用对话和内心独白，深入挖掘角色的内心世界，使得每个人物都栩栩如生，他们的喜怒哀乐、他们的理想与挣扎，都跃然纸上，引人共鸣。《夏夜里的人们》不仅是一部描绘乡村夏夜风情的佳作，还是一部探索人性、情感纠葛与生活哲理的作品。它如同一首悠扬的田园诗，静静诉说着生命的故事，等待着每位读者在字里行间发现属于自己的感动与思考。夏季总是与无尽的活力和绚烂的色彩紧密相关，它用西瓜的甘甜、汽水的气泡轻轻叩响了我们的心门，而那些与伙伴们在广袤原野上尽情奔跑的记忆，如同午后的阳光一般温暖而明媚，那无忧无虑的欢笑声洒满了每一寸土地。这时温度升高了，冰封的心灵也解冻了，每一个灵魂都能在这热情洋溢的季节里自由翱翔，体验幸福最纯粹的形态。

在作者细腻的笔触下，芬兰的夏日如同一位温婉的诗人，以其独有的方式低吟浅唱。那里的风景，是夏夜中最温柔的片段。波光粼粼的水面仿佛是大自然最精致的镜面，映照着月光的银纱，而水面上轻盈浮动的白雾，就像是梦境与现实之间的轻柔过渡，既神秘又迷人。这样的景象，就像是从印象派大师的画布上直接跃入纸上一样，每一个字都蕴含着对美的无限追求和赞颂。

走在芬兰的郊野，就像是步入了一幅精心创作的画卷。夜幕低垂时，萤火虫在草丛间翩翩起舞，它们微弱却坚定的光芒，在黑暗中织成一片梦幻的星河，引领着旅人进入一个童话般的世界。凉爽的晚风轻拂过脸颊，携带着森林的清新与湖水的凉意，让人感到前所未有的轻松与自在，仿佛所有的烦恼与束缚都在这一刻烟消云散。

这座伫立在北欧的小小村庄，夏季的每天每夜都发生着奇妙的故事：有漂亮姑娘和帅气小伙儿青涩的恋爱，有安静而敏感、苦闷而孤独的艺术家在夜晚四处游荡、等待黎明的到来，有认为清晨六点就已经是大白天、守在木炭坑前认真工作的烧炭工。当然了，也不是总有好事发生，在这座村庄里，还藏着一些不为人知的秘密……

每个人或许都遇到过不能言说的困境，或许也曾在角落默默哭泣，每个人的心中都有过意难平的事情。但重要的是，无论如何都不要放弃寻找可以化解伤痛、抹去伤痕的“良药”。所以我们都要向前看，生活在继续，我们一定不能停留在原地，保持着心中珍贵的善良与美好，认真做好该做的事情，这样才能开始崭新的旅程。展开《清明上河图》，世间百态浓缩在长幅之上，男女老少、士农工商：有人在休息，有人在劳作，有人在偷懒，有人在养精蓄锐；这条街的人在贩卖商品，另一条街却闭门不开。人生也是这样吧，明明截然不同的两件事情，却能在最近的距离同时发生。

本书带给读者的正是这种感觉，一座小小的村庄，却装载了那么多人的喜怒哀乐：有人欣喜若狂，有人悲痛不已，有人思绪万千，有人慌乱不安。请读者沉下心，走进那座村庄吧，与作者一起回到那美丽的夏夜，观察故事中人们的生活，去体会他们曾经经历过的一切。

目录
Contents

第一章

在北方的夏天，黄昏像个耍赖的孩子，不肯离开天空的怀抱，夜晚总得等着暮色将黄昏连哄带骗地带走，才能悄然登场。但即便黑夜来临，天空也依旧明朗，给人一种黎明即将到来的错觉。夜色像一个窈窕淑女，换下了紫罗兰色的霞衣，踩着一段悠扬舒缓的旋律款款而来。当她走近时，音乐突然暂停，随后小提琴抑扬顿挫的旋律打破了短暂的寂静，大提琴也很快加入进来。这触动心灵的曲调引得大自然也跟着唱和，明朗的夜空和茂密的丛林成了鸟儿的舞台，它们忘却了疲惫，尽情欢唱，嘹亮悦耳的歌声在夜空久久回荡。黑夜乘机溜去偷懒了，天地间刚刚还是暮色苍茫，转瞬就迎来了黎明的曙光。赶早的云雀纷纷振翅高飞，它们用尽浑身力气要比一比谁飞得更高。山林的静谧被它们的鸣叫声打破，原来它们正在向巢穴中的雏鸟诉说高空的美丽。它们越飞越高，直至声嘶力竭，才任由身体从高空坠落。最后，它们翩然落到了田野间，悠然地散步觅食，此时清晨的阳光也洒满了整个大地。

在湖边，在山坡上，在田野附近，一座接一座的民宅在晨光中逐渐显现，它们巧妙地将主人的需求和周围的环境融为一体，显得自然淳朴。喧嚣在此刻趋于平静，只有麻雀仍然在吵闹。它们试图通过争

论确立自己在农场上的领地和话语权，因此个个扯着嗓子，扑棱着翅膀争得面红耳赤，谁也不愿意服输。然而，争论了半天却始终没有结论。等到身上沾满了烟味和柏油味的老工人马努拖着沉重的脚步走过来，这群叽叽喳喳的小家伙才一股脑儿从丁香树篱中飞了出去，一直飞到通往马厩阁楼的斜坡上才停下来。

这片湖畔的民宅一座连着一座，中间还有几座零星的小教堂。一辆汽车无声地在平缓的道路上奔驰，它车身流畅，每处细节都彰显着精致与昂贵。不出几个小时，它的身影便已穿过了十几个村庄。晨光普照大地，金色的光辉将村庄笼罩，为早起劳作的人们带来了美好的一天。疾驰的汽车并没有打破村庄的宁静，它像一个优雅低调的绅士，静静地穿过村庄，只留下远去的背影。

房屋仍伫立在原处，仔细观察会发现其中有几所是新盖起来的。生活的悲欢尚未渗透进墙内，崭新的房屋充满生机。其他的一些房屋和村舍，有很大一部分是上了年纪的百年老宅：有些年久失修，风雨飘摇；有些则被历代房主精心修缮照料，完好地保存了下来。每当这些老宅需要修补时，技艺精湛的工匠们总会及时出现，为它们换上新的窗棂、门廊以及坚固的石头地基。即便经历了这样的翻新，老宅依旧保持着古老而庄严的风貌。它们依旧坚固完整，新的框架则像是为它们披上了一件期待已久的新装。

第二章

在湖边，可以清晰地看到农场边上生长着许多椴树，它们的树枝层层叠叠，彼此交错。马努的小屋和西尔贾玛基的住宅都坐落在对岸树木繁茂的斜坡上，站在岸边便能将房屋、庭院和周围的环境看得清清楚楚。

夏日的晨光照亮了农场和房屋，也照亮了房间的内部。浆洗过的古色古香的花边窗帘透着白色的微光，使晨光没那么刺眼，同时又使房间变得明亮。在古老的农舍里，卧室通常布置得很漂亮，极少有外人踏足。偶尔有客人被请进来参观，他便能感受到一种清新雅致的芬芳。这种香气或许来源于雪白的亚麻布、自制的抛光家具，也或许是圆桌上摆放的相册。翻开相册，一张张记录日常生活的有趣照片映入眼帘。绅士标配的笔挺衬衫也无法掩盖农夫的壮硕身材，站在他身边的妻子则穿着一身三十年前流行的羊角袖衬衫。她的表情十分自然，一点儿也没有隐藏自己农妇身份的意思。那位妇女曾把许多黑麦磨成粉，揉捏成团，烤成面包。那些黑麦都是她身边那位相貌粗犷的男人亲手播种、脱粒的。即使是在照片里，男人也忍不住调皮地眨了一下眼睛。

其他很多照片也很有特点，其中有一张是他儿子的肖像，男孩戴着白色的入学帽，穿着一件系着高扣的外套。在全家福中，每个人都穿着运动衫和及膝的靴子。一个人待在这晨光初绽的房间里，看着亲人们的照片，感受着久别重逢的感觉，想来也是相当惬意的。相册里的照片大多是四个人，他们的身后总有一位年轻窈窕的姑娘。这张照片上的她辛苦工作了一天，此刻穿着睡衣，弯着纤细的腰肢，脸上露出既愉快又疲倦的笑容；这是在晚上拍的照片，因此她脸上睡意很浓。祖母的神情仿佛在说："嗯，就是这样，你们的每一粒粮食都是在田地里辛苦劳作得来的，而这都得益于你们足够强壮的身体。"

在那悠长微热的夏夜，村子沉浸在一片宁静之中，星辰如同遗落人间的灯火，点缀着深邃的夜空。村民们遵循着古老的自然法则，日出而作，日落而息。然而，有一位名叫马努的老人，他的生活节奏似乎与他人不同。马努的夜晚，常常是在与失眠的较量中度过的。他的小屋外，月光如水，洒在静默的田野上，似乎连时间都在此处变得缓慢了。不过，每当第一缕晨曦穿过窗棂，马努却总能以不可思议的饱满精神迎接黎明。岁月虽在他的脸上刻下了痕迹，但他的嘴唇依旧保持着青春的红润，嘴角不经意间露出一抹顽皮的微笑，仿佛藏着不为人知的秘密和对生活的无限热爱。人们私下里议论纷纷，猜测这位年迈的烧炭工人的秘密。直到有一天，谜底似乎揭开了——有人注意到，夜深人静之时，马努会在农场的角落里徘徊，似乎在监督着什么重要的事务。次日清晨，他又早早地投入工作，那精力充沛的模样，让人不得不相信，他必定是为自己的木炭坑找到了一位极其可靠且勤奋的助手。

最令人好奇的是，当公鸡在清晨发出第一声清脆的啼叫时，马努会停下手中的活计，朝着那只高傲的报晓者低语。话语的内容无人知晓，但从公鸡的反应来看，那绝非温馨的问候。只见它挺胸展翅，对着马努的背影，发出一连串尖锐而愤怒的啼叫，似乎在表达被戏谑的愤怒。

太阳越升越高，仿佛在寻找一个合适的角度穿过花边窗帘，直接照到客房的实心床和睡着的姑娘脸上。片刻之间，阳光爬上了闺床对面的五斗柜和梳妆镜。曾经有妙龄少女在这台五斗柜前对镜自照，她们戴着桃金娘花冠，美丽的面庞或白皙如玉，或粉红如脂——每当家中有婚庆喜事，待嫁的新娘就在这间房里精心打扮……这时，太阳照到了镜子下面，那儿有一两件以前没有出现过的东西。睡在床上的姑娘一住进来就把它们放在那儿，还用纤细的手指轻柔地抚摸着它们。夏日早晨的阳光用怀疑的目光打量着它们，但当阳光落在它们的主人身上时，一下子就柔和下来。此时，黎明早已带着晨露离去，阳光变得热烈起来。不知从何处传来了一头小牛的叫声，标志着这一天的辛劳工作开始了，无数人在池塘边、树林间、田野里忙碌着。

阳光照在姑娘的脸上，照在她那光洁的、小麦色的脖子上，照在她嘴唇优美的弧线上，照在她耳边柔软的棕色卷发上，照在她那还带点儿孩子气的宽额头上。姑娘右手托腮，左手搭在右手手腕上。她的手完全放松，手指上布满了细小的纹路，每片指甲都清晰可见。她的睡姿如此可人，引人遐想，但去打扰她肯定是不合适的，只有太阳才有权利窥探这个熟睡姑娘的梦境。就在这个时候，姑娘醒了过来，此时差不多六点了。每天早上她都会在同一时间醒来，她第一天来到这儿就发现了这一点。那晚她根本睡不着，只能躺在床上翻来覆去，望着这永恒的光明之夜的璀璨奇观。那一夜还有两个姑娘也睡在这间卧室里，她们一起轻声细语地交谈……

尽管这些姑娘如今已经在不同的楼里入睡，但仍在同一个村子里生活。被太阳唤醒的姑娘茫然地环顾四周，逐渐清醒过来。她想起今天是星期六，这是她暗暗期盼的日子。身体的活力在幸福的睡眠中慢慢恢复，此刻已完全苏醒。她向后舒展脖子和肩膀，胳膊向上伸直，惬意地闭着双眼，伸了个懒腰。她柔软的嘴半张着，阳光照耀在洁白的牙齿上。昨天体力劳动带来的疲惫感现在已经从她的四肢上消散了，她发自内心地感到甜蜜和满足。

她从床上爬起来，洗漱换衣，动作十分利索，时不时发出一声心满意足的叹息。很快，她穿上游泳衣，肩上披了一件浴袍，溜了出去，轻轻地敲响了另一栋房子的玻璃窗。窗帘被拉开了，一位红褐色头发的姑娘探出头来……敲窗户的姑娘没有在那里等，而是沿着一条陡峭的小路向湖岸走去了。小路两旁是低矮的桤木，通向狭长的游泳码头。浴袍滑落在她的手臂上，远远望去，人们还以为她在哼唱，因为她脚步轻盈，仿佛踩着节拍。

第三章

对马努来说，清晨六点已经是大白天了。他在木炭坑边，听到许多小生灵的声音从湖边传来，他那双阅历丰富且炯炯有神的眼睛更是见证了自然界中一个又一个有趣的景象：奶牛嚷嚷着提醒工人挤奶，突然推开的门吓走了院子和走廊里的乌鸦，大黄蜂在三叶草上寻觅着食物……这只嗡嗡叫的家伙的巢穴在哪儿呢？马努很想知道。当他还是个放牛的小男孩时，他就很擅长找蜂蜜吃了。

哦，看哪，那位年轻姑娘又要去洗澡了。马努多么喜欢一个人待在这里，任由自己那张被油烟熏黄的脸做出各种表情，没有人会注意到他。他漫无目的地绕着木炭坑走，想找出一个蹿出火苗的坑洞，然后及时填住它们。他在老地方坐了下来，在那里可以看到澡堂和码头，就像能看到舞台的最佳席位一样。那姑娘正值青春年华，怎么看都是美丽的。那轻快的步伐，那舒展身体的姿势，那像鱼儿一样的入水动作……怎么看都觉得动人无比。马努的脑子里闪过一个念头，或许他能偷偷地爬得更近些，爬到岸边的桤木丛中去……不，你这个老糊涂！他又气又恼地抡起铲子，填上一个坑洞……现在她正仰面漂浮在水面上——她是个活泼可爱的姑娘，见到她的人心情都会愉悦起来……对马努来说，时间似乎停在了那个时刻——她把漂亮的胳膊搭在马努的脖子上，一点儿也不在意他身上的烟灰和柏油弄脏她的衣服。

农场主的女儿——那个红褐色头发的姑娘也来了。她在码头的台阶上犹豫了一会儿，但还是跳了下去。她们像睡莲一样漂浮着，身体在阳光下闪闪发光，有时只有脑袋露在水面，让人误以为她们溺水了。

游完泳的姑娘们上岸了，她们的身体像水仙一样柔软，湿透的游泳衣像海豹皮一样闪闪发亮。她们伸展身体做了些拉伸运动，阳光下波光粼粼的水面和她们曼妙的身影交相辉映。她们肩并着肩，披上浴袍，步伐矫健得如同两匹美丽的小马驹。没过多久，从桤木林的枝叶缝隙就只能看到她们走远的背影。马努发了一会儿呆，他觉得有点儿累了。

第四章

这里虽然属于北方，但每年的这个季节，人们也能看到大自然的变化。纷繁绚丽的色彩经过奇妙的调和，竟呈现出意想不到的和谐。大自然不愧是最高明的画家，即便它绘下的画卷中出现了一点儿突兀的元素，它也总能在特定的时间用特殊的方法把这些元素巧妙地融入整体。你若站在野外放眼望去，那些红砖灰瓦的房屋总是最先映入眼帘。随后，你的视线自然而然地转向树林、田野、灌丛、绿地……欣赏着它们深浅不一的绿。此时正是七月初，天色渐晚，西北方的天空渐渐被晚霞染成金色，预示着黄昏的来临。狭长的蓝色湖泊如同宝石，湖中几处碧绿的小岛将这块宝石切割开来。再往远处看，湖泊分成了无数细小的支流。无风的傍晚，湖面的丝丝涟漪使湖水更显幽蓝。要是你能够找到一个视野开阔的高地，就可以俯瞰湖上星星点点的木筏。运气不错的话，你甚至能同时看到四五条木筏，每一条筏子都配有发动机和舱室。行船时，舱室里会升起袅袅炊烟。除西北方呈现出金色外，其他方位的天空已昏暗不清。不过，如果人们看不见满天繁星，就不会想到要仰望天空。因为色彩斑斓的大地已紧紧抓住了人们的眼球，纷繁复杂的气味牵动着人们的鼻翼，芸芸众生的一举一动牵动着人们的心。

在这片绚烂多彩的土地上，色彩与芬芳交织出一幅生动的田园诗画。从晨光破晓到夕阳西沉，每一寸光阴里都在上演着生命的轮回与变化。那些初生的小生命，带着嫩绿的羞涩，小心翼翼地从土地探出头来，仿佛是大自然画卷中最细腻的笔触；那些正值盛年的花朵，则毫无保留地绽放，用绚烂的色彩和馥郁的香气向世界宣告着生命的辉煌与热烈；至于那些已经结满果实的植株，则沉稳而骄傲，丰硕的果实不仅是时间的见证，也是辛勤耕耘的回报。

随着时间的流转，花草的变化渐渐明显。如今，它们已展现出与一个月前截然不同风姿，仿佛自然界演奏了一段无声的变奏曲。农舍后的场景，更是将这份变化描绘得淋漓尽致。镰刀划过空气的声音与枯草断裂的轻响交织在一起，意味着收获与准备的季节已然来临。那干草特有的、略带怀旧的气息，不仅象征着季节的更迭，还预示着即将到来的辛勤劳作，提醒着人们珍惜这短暂的安宁，准备好迎接新的挑战。

当白昼的喧嚣逐渐退去，傍晚的湖畔呈现出另一番柔美的景致。苜蓿花海在微风的轻抚下，轻轻摇曳，仿佛是大地在呼吸，缓缓释放出它们积蓄了一天的甜美香气。这香气，既有对过往的告别，也有对未来的期许，吸引着每一个路过的行人停下脚步，让心灵在这片刻的宁静中得以栖息，让身体由花香包裹，尽情享受着大自然赐予的这份温柔与美好。

这片大地上是少不了感受者和观察者的。诚然，天空已变得暗淡，但是当一个孤独的人先仰望天空，再环顾周围的大地时，他仿佛与这天地融为一体，对所有的一切都有了更通透的感受。在另一边，农夫贾尔马里在他租的牧场上焦虑地徘徊，心想：不知道今年的牧草是否足够喂养这些牛。唉！希望早点儿下雨吧……

泰里兰达已经年逾五十，比起大多数农夫，他身体健壮、心态乐观。此时他正站在田埂上巡视着自己的土地，不论天气如何变化，他都没有什么好担心的。假如今晚能下雨，庄稼自然能够得到滋润，但是照现在的情况看，估计未来一周都见不到一丝乌云。不过就算不下雨，他的庄稼也还能够支撑一段时间。这样长时间的晴天倒是很适合晒干草，不需要多久，干草上就能留下阳光的味道。泰里兰达的眼前似乎浮现出牛吃到美味草料时满足的表情了。等到合适的时候，要把那些秸秆割下来晒干，希望那时别遇上阴雨天……

木筏上的船工们就无须考虑天气与庄稼的关系了，他们只是纯粹地享受每一个好天气。即便没有风，也能轻易地从乡间公路上闻到一股熟悉的尘土气息。公路两旁种了不少蓍草和牛蒡，分岔路口竖立的路牌上标着前方城镇的名字和距离。这些路牌涂上了不同的颜色，告诉人们每一条路通向何方。

第五章

阳光下，就连曼特勒·犹卡家灰色的、摇摇欲坠的小屋也显得亲切而平静。它坐落在树林边的小路旁，离村子很远。曼特勒·犹卡住在这里，不过目前只有他的妻子萨朵拉和孩子们在家，犹卡在木筏上干着运木头的工作。

森林里延伸出了一条相当狭窄的小路通向这所房子。夏天，偶尔会有人路过这里，但从来没有骑马或驾车的人走这条路。到了冬天，这条路就热闹了，因为农民拖运木头时总会经过这里。如果有工人在某天傍晚路过这个地方，不经意间发现这座被树林环绕的房子时，一定会感叹住在这里也别有一番意趣。小路两边还有一些其他的房子，和犹卡家的房子相隔不远，因此运送木材的雪橇总会偏离路面撞到小屋上。这时雪橇上的农场工人冻得通红的脸上则会露出狡黠的笑容，对着他的同伴大叫：

“离萨朵拉的门远点儿！”

但现在森林和小路之间多了一扇十分破旧的灰色木门，木门半开着，因疏于打理而破败不堪。门后堆放着一些半腐烂的木头，两边是长满青苔的旧篱笆，看上去就像个疲惫的路标。

但是，在这样一个下午，谁会去注意这些东西呢？被春雨润湿的泥土在夏天的烈日下变得干燥开裂，似乎是为了弥补缺憾，干裂的土壤里竟然长出了葱葱郁郁的酢浆草和野甘菊，它们的生长似乎并没有因附近大量采伐木材而受到影响。任何人在这里散步都会感到很愉快，尤其是寂静的夜晚。一轮又红又圆的满月从小路那边缓缓升起，赏心悦目。每年的这个时候，月色皎洁，如果你打开卧室的窗户向上望去，就会感觉月亮似乎近在咫尺。即便卧室的窗户从外面也能轻易打开，但谁会无事去推开别人家的窗户呢？仅在窗下驻足欣赏，也足够令人满足了。窗框没有上过漆，玻璃窗显现出奇怪的蓝色阴影。最奇怪的是玻璃后面的窗帘，它已经在那里挂了许多年了，不论是酷暑还是严冬都不曾取下。这块窗帘已经很旧了，上面还有些破洞，它是从一扇比这里更大更好的窗子上拆下来挂到这里的。房主人看上了它极好的遮光性，即便它屈居在此依旧兢兢业业。

事实上，尽管窗帘上有不少破洞，可无论你凑得多近，往房间里看，也只能看到一片漆黑。傍晚的阳光已经变得柔和，但无论它如何努力，依旧没法儿透过窗帘。于是它只得将光芒洒在卧室后面的空地上，一直延伸到森林深处。

某年夏天，有个沉默寡言的人路过这里，画了一幅小屋的草图。小屋的门槛早已断成两半，主人便将其中半块拆下来当了砧板。那人在院子里坐下来，要了点儿牛奶，喝完牛奶后，便沿着小路离开了。他还特意看了一眼卧室的窗户，不过只有孩子们注意到了这一点。

从犹卡的小屋出发，你可以在夏日的小路上漫步，不需要走很远，道路就会变得宽敞起来。直到走上铺满沙砾的道路，你会发现两边都是粉刷过的农舍，这些房屋的卧室就气派了许多。窗户大到需要两块漂亮的、完好无损的窗帘，不过它们也只能遮住窗户的两边——当然，犹卡那个卧室的窗帘是从一边拉上的。窗台中间摆着盛开的红色天竺葵，一般由房主女儿照料。鲜花尽情地向每一位路过的人展露美丽的身姿，只要他们不试图上前鬼鬼祟祟地摘一朵下来就行。他们可以欣赏，甚至可以嫉妒那鲜艳的颜色。

在另一座农场，也是最大的农场，丁香丛中还有架花园秋千。过了这个大农场便是一个十字路口，再往前走，房屋又变得朴素起来。那里有田野，但你不知道是谁的，不过你可以从碎石路面拐进一条有车轮痕迹的小路，然后沿着小路一直走到尽头，穿过一座桥，便又是一条宽敞的大路。

当一个人在夏日里四处闲逛，他最终会来到泰里兰达家附近，或者是湖另一边的小森林，马努的小屋、阿尔维娜的小屋、西尔贾玛基的克罗夫特庄园都在那里。

星期六下午，有个人从远处走来，准备去湖边的木筏那里工作，他就是曼特勒·犹卡。有人以为他是从远处的家那儿来的，其实并不是，犹卡一点儿也不顾家。他是从别的地方过来的，此刻正沿着森林的小路回到湖边，一边走，一边抱怨着这条崎岖的道路。这条年久失修的小路已经很久没人走了，除非万不得已，不然他不会选择走这条路。虽然这是一年中最干燥的季节，但道路到处坑坑洼洼，里面还有臭烘烘的积水，这些小水坑全是牛踩出来的。尽管这味道令人感到不适，但你仍然能看到精灵般的蝴蝶正在空中翩翩飞舞，心情也会瞬间宽慰不少。路边，一丛丛茂密的蕨菜从阴影中探出，像是一个个小小的手掌。来自不同水洼的泥浆粘在犹卡的高筒靴上，这双靴子由于焦油和许多修补痕迹而显得相当破旧。两天后，当他从僵硬的腿上脱下靴子时，泥块还在靴子上……不过现在他醉醺醺的，走路晃晃悠悠的，自然无法避开那些烂泥坑，他总是不由自主地踩进去，事后又十分气愤。

他选了一处草丛坐了下来，因为草丛过于松软，让他一不小心摔了个四脚朝天。有好一会儿，他一直保持着这种别扭的姿势。他就这么盯着稀疏的杜松树丛，一直盯到他想起自己登上木筏以后，就再也没有回过家。他觉得妻子好像在什么地方看着他，那平静而冷淡的眼神让他不由得恼怒起来。

第六章

在泰里兰达家附近蜿蜒的车道边缘，赫然停着一辆气派非凡的轿车。它宛如一位历经长途跋涉的优雅旅者，自遥远的地平线驶来，沿途留下了一长串坚定又优雅的车辙，仿佛是它在所经之路上留下的尊贵印记。自周六傍晚起，这辆轿车便如一位沉默寡言又气宇轩昂的侍卫，静静地守护着这片乡间之地，不动声色地流露出一种超然物外的高雅气质，令人不由自主地向它投以敬畏的目光。诚然，在这片被葱郁的绿意环抱的小村落里，偶尔有车辆造访并短暂停泊一两日并非罕见之事，它们在此或为探寻乡间宁静，或为稍作休憩再踏征途。这样的场景对村民们而言，不过是日常风景中的一个小点缀，不足为奇。然而，这辆轿车的到访，却以其独特的气场，在平凡之中平添了几分不凡，让这个宁静的周末有了一抹不同寻常的光彩。

这辆轿车让人一看就知道它价值不菲，它浑身散发的华贵气质和所处的乡野之地格格不入。人们甚至从这辆车身上感受到了贵族般的魄力与文质彬彬的气质。它就像一只翱翔天际、刚柔并济的海燕，即便是最粗鲁的盗贼看到它，也会心生胆怯。在白天，尤其是像这样一个悠闲的周末，这辆车自然成了村民们注目的焦点，他们纷纷前来围观，想要一睹它的风采。阳光下，轿车独有的气息在空气中弥漫，那流光溢彩的金属车皮、低调奢华的内饰、高级优质的燃油——这一切构成了普通乡下人永远无法企及的梦——甚至就连它散发出的气味，他们都未曾闻到过。正因如此，这辆车收获了无数村民艳羡的目光。一个人围着车转了一圈又一圈，大饱眼福后才离开。车主和司机一定在附近某个地方，说不定他们是去散步了。但如果观察者知道这款车比其他车贵多少，以及它在做工方面有多精雕细琢的话，他的艳羡之情恐怕会更甚……这个农夫走下山坡，来到了湖边的船上。

在那里，他闻到了自然亲切的气味，他陶醉其中，微风携带着湖水潮湿的气息迎面而来，他似乎还闻到了湖中生灵的气息。芦苇的清香永远这么雅致、恬淡，只是看着那些在风中摇曳的芦花，似乎就能闻到它独特的香气了；船舱发动时散发出一股刺鼻的煤油气味，这才是属于划桨人自己的气味。他想起自己刚刚在车边试图拉开紧锁的车门，而现在湖上纷繁的气味把他拉回了现实，他悠闲地划起桨来。

突然，桨手的注意力被一艘急促靠近的小船所吸引。小船正破浪前行，目标似乎直指泰里兰达家。小船疾驰而来，四支桨在水面上来回翻飞，每一次有力的划动都伴随着清脆又有节奏的嘎吱声，宛如一首激昂的水上进行曲。桨手暗自思量，这样匆忙的行进，或许是船上的人急于赶在黄昏之前到达某个农场，及时取回新鲜的牛奶。毕竟，每日一次的挤奶时光总是短暂而宝贵的。与此同时，他的目光不经意间被岸边一幅宁静的画面所吸引——一簇坚韧的黑麦在陡峭的山坡上傲然挺立，仿佛是大自然不屈不挠的守护者。夕阳的余晖如同一位慷慨的画家，轻轻洒落在那片黑麦上，为它们披上了一袭闪耀着金色光泽的华丽长袍，使平凡的田野瞬间变得辉煌而神圣。从小船的视角望去，那轮渐渐下沉的太阳恰好与坡顶的黑麦齐平。天际虽已染上暮色，但依然明亮，太阳透着一股不愿轻易退场的倔强，仿佛在诉说着对大地的不舍与期待。这一刻，宁静的自然与忙碌的人们绘就了一幅和谐生动的画卷，让人不禁沉醉于这份宁静与忙碌交织的美妙之中。

桨手环顾四周，目光落在泰里兰达家和树林之间，这里有一片开阔的田野，一条狭长的马车道横穿而过，通向远处的山谷。每年这个时候，道路两旁都开满了花。此刻，泥泞的路面已经变干变硬，即使坐在湖中的船上，他也能清楚地看到车辙。他看见两个人在路上走着，一个是女人，年轻而优雅，穿着一件色彩鲜艳的夏装——他认识这个人；另一个是男人，年轻且体格健壮。毫无疑问，这个男人和泰里兰达家车道上那辆气派的小轿车有关。

在湖的另一边，农夫贾尔马里正忧愁地注视着他的牧场。这个牧场面积很小，周围除了零星几棵纤细的白桦树和一些长得像杂草似的杜松树，再无其他。牧场前面是贾尔马里自己开垦的一小块耕地，这得益于农场主的允许。妻子朝他走了过来，她没有戴帽子，穿着一件整齐干净、裁剪得体的棉布衣服，那是她亲手制作的。她即将临盆，不过此刻仍然充满活力地忙碌着。他们的奶牛躺在地上，难以起身。女人没有理会她的丈夫，而是走到那头奶牛跟前，用手指抚摸它的嘴部和身体其他部位。

“它还没反刍呢。”女人对她的丈夫说，而后者满脸不知所措。他就是这样，无论是妻子还是奶牛遇到问题，他总是帮不上什么忙。

“我们得找人来帮忙，不过现在还不是请兽医的时候。我先去跟泰里兰达太太商量一下。”

“你真要去？”贾尔马里犹豫地问。

“不然呢？”他的妻子反问道。

贾尔马里看着他的妻子划着那条细长的棕色小船，驶向泰里兰达家的农场。小船和上面的女人清晰地倒映在清澈的湖水中，贾尔马里出神地望着妻子远去，全然忘记了躺在地上痛苦万分的奶牛。

这是一个美丽的夏日傍晚，在牧民们准备晒干草的前几天，住在这里的艺术家也出来划船了。他像往常一样，凝视着农场和山坡。希尔佳的船似乎慢了下来，艺术家便把自己白边红底的船划到希尔佳的船旁边，跟她搭话。后来有人传言，艺术家想要在希尔佳喂奶的时候画她的肖像，但希尔佳断然拒绝了，说这是不可能的。

贾尔马里已经向小屋走去，孩子们还在那儿玩着他们在这个夏日周末时里一直在玩的游戏，丝毫不感到厌倦。

第七章

傍晚时分，一对年轻男女出门散步。他们正是桨手在船上看到的、在旷野中间的车道上走着的那两个人。

这位年轻女子是泰里兰达家的亲戚，她去年冬天在那个遥远的城市认识了这位朋友，两人相谈甚欢。那位男子知道她在这里，所以在夏天驾车来到了这里旅行。其实早在春天的一次偶然通话中，男子就提出要来找她。在漫长的夏天里，这样随口说出的许诺很容易被遗忘。赫尔卡忘记了，或者假装忘记了，但亚尔维特没有忘记。毫无疑问，赫尔卡表现出的无所谓只是表面的伪装，她想把自己真实的想法深深地隐藏起来。但当她看见那辆熟悉的汽车驶离大路，驶进车道时，她的眼睛瞬间亮了起来，甚至舍不得别过脸去掩饰内心的惊喜。对赫尔卡来说，这个夏天是愉快而美丽的。在泰里兰达家，她过着简朴的生活，每天干着重复的农活儿，却自得其乐。尽管有时会感到疲劳，但身体和精神的力量都在无形中增强了。她没有仔细考虑过他的事情，但是当她从挡风玻璃后面看到那张熟悉的脸庞和那愉悦的神情时，她知道自己内心的期待实现了。那一刻，周围的一切都变得鲜活了起来。夕阳的余晖此刻也变得柔和无比，一种甜蜜的气氛弥漫开来，直达内心，她觉得生活都变得多姿多彩了。

那天黄昏，赫尔卡努力压抑着自己内心的喜悦，表面上强装镇静，但她弯起的眉眼和神采奕奕的表情还是出卖了她。所有人都察觉到了她的变化，尤其是赫尔卡的表姐塞尔玛。出于这个原因，塞尔玛开始担心赫尔卡会被爱情蒙蔽双眼。塞尔玛的父母——最精明强干的泰里兰达夫妇自然也看出了赫尔卡的变化。他们作为一家之主，向来在子女面前表现得十分强势，因此塞尔玛是沉默寡言的性子。即便她现在已经成年，但是父母对她的管束依旧没有松懈。他们早已发现了赫尔卡的改变，但表面上还是装作一副什么都没发生的样子。

星期六的黄昏时分，天气还很暖和。黑夜尚未降临，人们可以像在白天一样清楚地看到整座农场以及农场内部的各种陈设，如屋子前的台阶、花园的秋千、巨梯的横木。祖母坐在她小房子的台阶上参加大家的傍晚聚会，当赫尔卡劝她去睡觉时，她对赫尔卡说：

“唉，真是的，我要是这么早睡，你一定又会咔嗒咔嗒地走来走去。”

赫尔卡在泰里兰达家时，就睡在祖母的房子里，大多数时候也在那里吃饭。在这样的夏天，吃饭的地点并不固定，有时大家和祖母一起吃饭，有时大家都在客厅里吃饭。

最后，房子的主人、塞尔玛的父亲挽着妻子的胳膊，用家长的权威要求大家去睡觉。其他人都默默地听从了命令，但是祖母不愿意被人使唤。她依然坐在台阶上，于是年轻人也趁机留了下来。不过祖母最后还是走进了屋子里，她招呼年轻人睡觉时并不严厉，只是温和地告诉孩子们该去睡觉了。老妇人用当地的方言说出这句话，让人倍感亲切，仿佛她讲述的是家族史。

虽然这两个年轻人——赫尔卡和亚尔维特还是想在外面待一会儿，不过，他们很守规矩，不会违背祖母的意思。

第八章

萨朵拉从未期待过她的丈夫会在周末回家。他在春天离开家去做工后，只回来过一次，除了他带回来的一点儿钱，她并没有从那短暂的团聚中得到多少快乐。事实上，他在家里度过的两个晚上相当不愉快。萨朵拉的长子沃尔米尼，是她结婚前和另一个男人生的孩子，那两天刚好也回来了。不过，这位长子只会在自己觉得足够风光、能够随意炫耀财富时才会回来，再以最拙劣的借口傲慢地显摆他的钱财。从这一点来说，他和他那个无名的父亲一模一样，因此他和继父的关系一直不太融洽。到了星期天中午，沃尔米尼便离开了。这让萨朵拉时常想起怀孕时和他出生时的往事，每每想到这里，她总是有一种既痛苦又甜蜜的感觉。

在丈夫离家后，萨朵拉的想法逐渐清晰，她意识到自己对这个家的依赖已经深深扎根，家几乎成为一种无形的枷锁，将她牢牢束缚在这个狭小的天地里。这份醒悟让她的心情变得沉重，脸色也随之黯淡。她感觉自己不像是居住在这所房子里，更像是被房子囚禁，与外界的联系似乎变得越来越遥远。她的丈夫，一个体格健壮、步伐沉稳的男人，每一步行走似乎都遵循着一种独特的韵律，那略显笨拙的姿态，仿佛一只大鸽子在地面蹒跚，显得既有些可笑又透出几分憨态。然而，看似幽默的他是调节家中氛围的开关。

孩子们纯真的眼眸敏锐地捕捉到了这一变化。每当父亲的身影出现或消失在门口，他们就能察觉到母亲的情绪波动，她的言语和行为会变得异于平常，要么过分紧张，要么异常沉默，与平日里那个温柔平和的母亲判若两人。当父亲不在时，一切又会恢复常态，母亲的笑容、话语会再次充满家的每一个角落，一如既往。这种难以言喻的默契和适应，成为这个家庭独特的情感旋律，表面和谐，实际却充满不为人知的隐痛。

萨朵拉是个身材高大、魁梧的女人，她肩膀、颧骨、下巴和手肘上的骨骼结构都证明了这一点，但岁月的流逝并没有削减她早在少女时代就散发出的女性魅力。有时候，她会拿着什么东西走在夏日的田间小路上，累了便坐下来休息；乡里的酒鬼们时不时就凑上前来跟她说笑，但她总能游刃有余地应对，让那些人碰一鼻子灰。虽然她嘴角总是挂着一丝苦楚，眼睛里也带着近乎绝望的忧郁，但任何人都能够从她明亮的双眸、明艳的双唇中看到一种独有的风韵。那些乳臭未干的男孩子自然不会明白，但成熟一些的男人却深有体会。今年的夏夜，她已经三十五岁了，似乎这个年龄才是她风华正茂的时刻，不管她走到哪里都会成为人们眼中的风景。尤其是男人们看到她戴月而归时，不管是年轻的还是年老的、高贵的还是卑贱的，都会觉得自己烦躁不安心瞬间得到了抚慰。

春耕的忙碌已经结束，晒干草的季节尚未到来，大家都可以趁此间隙好好休息一段时间。

在犹卡的眼里，他的妻子现在只不过是一匹普通佃农的老马。事实上，他们的婚姻是拜他人所赐。因为性格的缘故，犹卡年轻时不受女人欢迎。舞会上，他通常站在门边，大多数时候都是远离人群的，除非他事先喝上一杯——喝得不多，但足以给他一点儿勇气。可以说，这是让他这样的男人去参加舞会的唯一办法，否则他可能会在去往舞会的路上悄悄折返。通常，犹卡跳舞时做的唯一动作就是在舞池边上没精打采地走着，对着跳舞的人大声唱歌。很少有女孩把他拉进舞池，不过这样的事情偶尔还是会发生，他从监狱出来后的那年夏天就发生过一次。在身体和精神都恢复了以前的状态后，他去玛哈那拉工人学院参加舞会，萨朵拉把他拉进了舞池，直视着他的眼睛，好像在说："老修女奈米宁的话是真的吗？"

那个叫奈米宁的老修女最擅长搬弄是非，她自认为在犹卡和萨朵拉的姻缘中起到了关键作用，并引以为豪。事实上，她只是在最开始的时候一个劲儿地怂恿两个人尝试接触。萨朵拉邀请犹卡跳完舞后，顺势把他带进了自己的卧室。那天，犹卡并没有醉得很厉害，顶多算得上微醺，并且当时已经清醒得差不多了。等他明白了萨朵拉的意图后，便"酒不醉人人自醉"了，嘴里嘟嘟囔囔咒骂着一些吓人的话。萨朵拉向他保证，他们的这次幽会绝对隐秘，这让他安心不少。

第二天早上，犹卡准备离开的时候，萨朵拉对他说：

"你现在必须娶我，你知道的。这是我们这里的规矩。"

犹卡的确打算如此做，他很快就习惯了大大方方地去拜访萨朵拉的阁楼，而他的拜访也引起了其他人的注意。那个夏天过后，当天气变得很冷时，萨朵拉不得不把她的床从阁楼搬到仆人的住处，他们的恋爱关系也随之公开了。农场主认为他们俩该结婚了，这样继续幽会下去不成体统。

没过多久，他们就结婚了。虽然经历了这些夏夜的犹卡已经不像单身汉那样害羞了，但他对萨朵拉依旧没什么感情。他是个普通人，靠着家里的老马做着一份勉强维持生计的职业。如果喝不到酒，他就会郁郁寡欢、沉默寡言。这和他以前参加舞会时的状态没什么两样，直到最近，这样的生活也变成了奢望。现在他经常要到更远的地方找工作，有时他喝得烂醉如泥，性情暴躁，看谁都不顺眼。

犹卡上一次回家还是在一周前，那是一个星期六的晚上，刚开始还挺愉快的，毕竟他从工作的地方大老远赶回来。萨朵拉和孩子们没有想到他会回来。萨朵拉一直在为农场的主人酿造啤酒，现在那里换了一位更年轻的新主人，这位年轻的农场主不仅十分欣赏萨朵拉的酿酒手艺，甚至还在单身的时候追求过她。

第九章

贾尔马里焦虑地在牧场和房子之间走来走去，不知道这是第几次走到牧场上了。他抬头望向对面泰里兰达家的房子，神色焦急。他敢说，自己的内心从来没有这么煎熬过。终于，泰里兰达家的门开了，贾尔马里的妻子希尔佳和泰里兰达太太从里面走了出来。只见她们走到船边商量了一番，随即划着船朝这边来了。贾尔马里赶紧走到河边，做好迎接她们的准备。

“你是不是到现在都还没搞清楚谁才是真正需要帮助的人？”希尔佳看着丈夫说道。贾尔马里被妻子看得不自在极了。不过希尔佳早已习惯了，每次有事情发生，丈夫总是表现得像一个手足无措的孩子。

“那我现在去看看有没有人可以帮忙？”

“等会儿再说吧！”希尔佳随口回复了一句，就领着泰里兰达太太去了牧场。

新生儿的降临会让任何一个普通农夫提心吊胆，早在妻子的预产期来临时，农夫就开始每日担惊受怕。村子的交通很不方便，要是临产的时候找不到接生婆，后果不堪设想。庆幸的是，这个季节天气比较干燥，乡间小路会稍微好走一点儿，要是在春天冰雪刚刚消融时，整条路都会变成烂泥塘，根本没法儿行走。

对于贾尔马里夫妇来说，最近的晴朗天气无疑是有利的，但是生孩子需要承担很大的风险，孕妇分娩的过程中随时都可能有意想不到的事情发生，就连那些做了万全准备的有钱人也无法避免。

两个女人在牧场检查奶牛的情况时，贾尔马里呆呆地在房子边看着。片刻后，泰里兰达太太急匆匆地朝他走来，希尔佳则脚步蹒跚地跟在后边。

“贾尔马里！赶紧去找人来帮忙，你知道哪里能借到跑得快的马吗？”

“我听说只有奥利拉家养马，附近好像没有谁家养马了……我现在就去他家借，但是在我回来之前，你能一直守在这里吗？要是你能帮我这个忙，我将感激不尽。今天经常帮我们的阿尔维以纳似乎也出门了，虽然我早就跟她打过招呼，但是……”

“赶快去吧，别废话了，我会守在这里的！”

太阳已经偏西，天空却依旧明朗，相比仲夏傍晚的燥热，此时要凉快许多。一条小土路穿过灌木丛，一直延伸到泥泞不堪的牧场，空气也沾染了一股潮湿的霉味。贾尔马里步履匆匆地走在路上，和平时相比，他此刻快得几乎飞起来了。这种疾行让他觉得周围的事物都变得虚幻起来，他似乎只是这幻境中的旁观者，不管发生什么，他都插不上手。事实上，每次家里有大事发生时，他都会有这种感觉。

贾尔马里十二岁的时候，母亲去世了。他看着母亲的棺椁，内心却极为平静。母亲的棺椁被放进墓坑里的时候，左右两边还有一大一小两口棺材，宾客们在墓园里忙前忙后，贾尔马里将这一切看在眼里，只觉得陌生极了。他想，不管是他、他的父亲还是他的兄弟姊妹——莱纳和威赫托利，做出什么样的举动都会引来宾客们的关注。

后来，他成年了，和希尔佳在教堂举行了婚礼。对一个新郎来说，这天本是最开心的日子，但是他的内心依旧毫无波澜。当希尔佳站在他身边的时候，曾经的一幕幕像电影一样在他眼前浮现，他觉得这一切太虚幻了，就像做了一场梦。牧师在宣读誓言的时候，贾尔马里却走神了——他想象着未来家里发生的所有大事，不管是欢喜的还是悲伤的，都要在无数宾客的注视下举行一堆仪式。这个念头让他觉得自己渺小得像一只坐在树叶小船上的蝼蚁，一点点风浪就能把他的小船掀翻……尽管牧师的祝福为他们的婚礼增添了一丝神圣的意味，但是这段婚姻最终是否真的会像牧师祝福的那样，谁也无法断言。

贾尔马里和妻子的第一个孩子是一个小女孩，但不幸夭折了。在她即将来到这个世界的时候，贾尔马里的心情和现在是一样的。他觉得迎接一个新生命的到来，对一个家庭来说是极其开心的一件事，开心到让人产生一种恍如梦境的感觉。

当然，他和妻子的日常生活和大多数家庭一样，普通极了。即便是后来父亲去世，也只是让这平淡的生活泛起了一丝微小的涟漪。

此时此刻，贾尔马里的思绪成了一团乱麻，似乎有无数无法摆脱的魔咒声一直在他的耳边回荡。南边的天空逐渐阴沉，但天还没有完全黑下来。突然，一只巨大的鸟儿不知被什么惊扰，从一旁的林子里飞起来，快速地飞到另一边的林子里去了。一轮血月一点一点升了起来，周围环绕着一圈蓝色的光晕。它挂在帕罕诺亚居住的河谷上空，在云雾的掩映下若隐若现，就像一个害羞的姑娘正悄悄躲在云朵背后俯瞰大地。它似乎不想再升到高空去了，因为河谷上空是观察这个在乡间小路上匆匆赶路的男人的最佳视角。

贾尔马里终于跑到了奥利拉家，但奥利拉不在家。

留在家中的挤奶女工在开放式厨房里对他说："我从没见过你这样匆匆忙忙的样子。"她的脸上布满了岁月的痕迹，显然芳华已逝，"他们都去太太的老家了，估计不到半夜是不会回来的。不过你对这里应该挺熟的吧，你要找的马就在牧场里。"

于是贾尔马里迅速奔向马厩，在木桩周边搜寻马笼头。他发现所有马具都颇为老旧，马笼头上甚至还少了一个扣子。为了能够尽快骑马赶往村子找接生婆，他必须找到一根细绳，将缺失扣子的地方绑紧，以确保骑行时能抓住笼头，稳稳地坐在马背上。

但在此之前，贾尔马里不得不先为那匹烈马套上笼头。他深知奥利拉家的这匹老马个性倔强，不易控制，非得有坚如磐石的意志方能驯服它。虽然挑战重重，但他对自己充满信心，相信自己能够掌控这匹不羁的老马。然而，现实却给他浇了一盆冷水……老马低垂着耳朵，对他的尝试和诱惑嗤之以鼻，他每次试图靠近，它都灵活地避开，让他的努力化为泡影。

贾尔马里心中的焦躁如烈火燃烧，口中念念有词，胸口似乎压着千斤巨石。几周来的担忧如今变为现实，他的神经紧绷，双手因用力而青筋暴起。

“来吧，宝贝，过来……唉，若连此马都无法驯服，我该如何是好……吁，吁……”他轻声细语，尝试着安抚和引导，缓缓向那匹老马靠近。然而，就在他的手掌即将触及马鬃的一刹那，老马突然转身，尾巴带起的风掠过他的耳畔，瞬间便跃至牧场的另一端，悠闲地啃食着青草，仿佛在戏弄他一般。每当他准备动手时，它便像一名敏捷的舞者般轻盈地逃离他的掌控。

“你这顽劣的家伙，真是让人束手无策！”贾尔马里终于忍不住咆哮起来，声音中充满了愤怒和无奈，“你简直顽劣至极！”愤怒之下，他开始追逐那匹难缠的马儿。此刻，唯有那轮圆月高悬天际，宛如一位沉默的观众在寻找一个上佳的角度，以便更好地观赏这场荒诞又激烈的追逐戏码。

贾尔马里内心绝望无比，他在奥利拉家的牧场里疯狂地跑来跑去，时不时停下来喘着粗气，试图让自己因缺氧而变得混乱的脑袋清醒一些。他感觉自己已经到了山穷水尽的地步，要是再抓不到这匹老马，他也真的无计可施了。最后，贾尔马里筋疲力尽，只能眼睁睁地看着那匹老马敏捷地避开他伸出的双手，得意地戏耍他，而他只能像个行动不便的老头子，无奈地咒骂几句。那匹马似乎听懂了贾尔马里的诅咒，它放慢了脚步，始终和贾尔马里保持一定距离，不让他靠近一步。

突然，老马仰天长嘶，仿佛一支离弦之箭，向牧场的大门疾驰。挤奶女工埃米静静地站在那里，面对这匹奔腾而来的烈马，她显得从容不迫。她的一只手臂轻轻抬起，试图安抚这匹狂野不羁的马儿。烈马狂奔的势头丝毫未减，眼看即将无情地将埃米撞倒，场面一度紧张至极。然而，在这千钧一发之际，老马展现出了惊人的机敏与智慧。在即将与埃米相撞的瞬间，它突然刹住了脚步，四蹄向外一滑，稳稳地站住，犹如一位舞者轻盈地踩在平地雪橇上，动作既迅速又优雅。随后，它低下头，用湿润的鼻尖轻触埃米手中那散发着诱人香气的面包屑，陶醉在这甜美的味道之中。

贾尔马里见状，立刻抓住这个难得的机会，迅速走向老马，熟练地将笼头套在了它的头上。此刻的老马似乎完全没有注意到贾尔马里的动作，任由他完成了整个过程。

目睹了这一切的埃米，脸上露出了得意的笑容。她对贾尔马里调侃道："看，有些事真不是随便什么人都能做到的。现在，你算是见识到了吧。"接着，她又补充道："如果我愿意，这场人马之间的较量，完全可以持续到天亮。但既然你这次来跟希尔佳有关，我就不能袖手旁观，适时帮你一把也是应该的。"

第十章

亚尔维特的小轿车刚刚停在泰里兰达家农场附近的车道上时，路边一座楼房的窗子里就探出了一颗脑袋，那是他朝思暮想的女孩赫尔卡。她一只手扶在窗棂上，另一只手捋了捋棕色的卷发。她穿着夏装，脸上满是惊喜的笑容。不一会儿，窗口的姑娘不见了，她冲到门廊那里来迎接他了。

亚尔维特对赫尔卡的一举一动都格外上心，尤其是她穿着的那条裙子——它和他们上次见面时穿的那件衣服完全不同。这是一件轻薄的碎花夏装，比以前的晚礼服更能衬托出她的身材。刚才他从车子里看到那抹美丽的身影消失在两根白色柱子之间，现在他终于又见到了她那曼妙的身影。实际上这件夏装可能也不过尔尔，但穿在赫尔卡的身上，亚尔维特就觉得惊艳不已。后来，在喝鸡尾酒的时候，他把自己的感受告诉了赫尔卡——不管是谁，此刻只需稍稍留意就会发现，他们两人眼神交汇时闪出的那种甜腻又热烈的恋爱火花。这时，泰里兰达太太走到赫尔卡身边，嘱咐她应该为宴会的宾客表演一番。赫尔卡点点头，随即上楼去了。

她再次现身的时候又换了一身漂亮的衣服，她是那样的美艳动人，

每走一步都仿佛踩在了亚尔维特的心尖上。亚尔维特此时已经看呆了，这个如夏花般鲜活的女孩，她的皮肤被阳光染上了健康的颜色，此时的她仿佛一颗耀眼的明珠。看着赫尔卡一步步走近，亚尔维特的心狂跳起来，赫尔卡和他简直就是天生一对。他回忆起他们曾经一起演奏的日子，当时他故意演奏了几段高难度的曲子，但赫尔卡都从容不迫地跟上了他的节拍，甚至在乐曲接近尾声的时候，她还突然加快了节奏，耍弄了他一番。再后来，他们在图书馆的台灯下促膝谈心，他承诺一定会来找她，现在他真的来了。当他的车开进这座陌生农场时，亚尔维特的内心还有些不安。然而他刚把车子停下来，她就第一时间冲出来迎接了他，几乎要与他拥抱在一起。亚尔维特不安的心一下子平静下来，他已经确定，赫尔卡也同样喜欢着他。

“祖母，这就是我常和你提起的那个人！”

赫尔卡转过脸去向祖母介绍他，她那年轻美丽的脸庞在夏日的阳光下反射着微光。他注意到农场院子里的人们纷纷向他投来目光。接着，他又在房子的侧门处，看到一个微微弯着腰的老太太。听了赫尔卡的话，老太太向他走来，并对他伸出手，说：

“欢迎！”

老太太将他带到了前门。她步履蹒跚，亚尔维特也放慢了脚步，边走边环顾四周。这时他注意到了一座更大的院子，赫尔卡已经返回宴会帮着招待客人去了，他默默地陪着老太太，灿烂的阳光洒在院子里，亚尔维特觉得自己似乎已经融入了这个家庭。

“农村里每次来了客人，主人家都会让客人自己先待一阵子。”老太太一边说，一边在前面的客厅里寻找着什么东西。

但当亚尔维特在主屋结识了主人后，他很快就融入了这种氛围。夜幕降临时，庄园变得生机勃勃。亚尔维特看到了奶牛、雇工和女仆，有人商量着干完活儿要去洗个桑拿，然后去女佣们的寝室里闹腾一番，还有人谈论着第二天的出行计划。

亚尔维特就这样度过了一个平静的下午，他只需偶尔看一眼赫尔卡，便心满意足了。赫尔卡此时系着白色的围裙在厨房里忙碌着，不过她一有机会便会抬头看看亚尔维特，并给他送上一个甜甜的微笑。

第十一章

对年轻人来说，夏天的夜晚燥热而漫长。每年的这个时节，他们总在床上辗转反侧，不过他们本身就精力旺盛，并不需要太多睡眠时间。主人家为亚尔维特收拾了一间卧房，位于祖母住的偏房的一端，而赫尔卡和祖母的卧室在客厅的另一端。亚尔维特坐在铺好的床上，嗅着房间里萦绕着的未上过油漆的原始木香。

已经过了午夜，亚尔维特仍然没有睡意，他轻手轻脚地在客厅里徘徊着。房间很宽敞，两边的墙上各有两扇窗户。和房子里的其他地方一样，这些窗户两侧也垂着上过浆的花边窗帘，它们就这样日复一日地遮挡着白日刺眼的阳光，从未移动过。山墙的两端各有两扇门，一扇通向宽敞的大厅，另一扇通向一条古老的走廊，走廊上的几扇玻璃透出亮红色或亮蓝色的光。亚尔维特在客厅里走动了一会儿后，准备悄悄离开这个房间——只要屋子里的人都睡着了，就不会有谁注意到他。

从前屋到大厅的门被轻轻地打开了，从门缝里望去隐约可见有一个人在那儿。夜色已经很深了，因此房间里的人得格外仔细地去看才能发现外面的人。

“你睡不着吗？”

“我还不想睡。”

问这个问题的姑娘优雅地靠在门框上，月光洒在她的身上，给她曼妙的身姿镀上了一层圣洁的银光。

亚尔维特说出“我还不想睡”这句话时，语气里透着神秘的庄重之感。他向姑娘站的地方慢慢走过去，假装自己在欣赏夏夜的美景，甚至还特意扭头看看房间的两边，时而看看左边，时而看看右边，仿佛被这窗外的景色所吸引。

但最后他终于走到了姑娘身边。“无论谁在这里，当有这样一个暗夜中的美丽精灵在床边徘徊，轻轻奏着连耳朵都听不见的曲调时，都会没有心思入睡的。”

“那你是怎样听到它的声音的呢？”

“我从你的目光中听到了那曲调——你为我伴过奏。”

这时，姑娘不知不觉跨进了门槛，随手把门关上了。仿佛有一股神奇的力量在指引着两颗年轻的、互相爱慕的心越靠越近。

亚尔维特的话温柔又充满怜爱，赫尔卡回忆起他们曾经共同演奏乐曲的时光。小提琴悠扬的曲调似乎在耳畔响起，赫尔卡在内心也弹奏起来，像是在为其伴奏，又像是在抵抗这带着魔法的小提琴声。终于，绵长的曲调结束了它的倾诉，渐渐进入尾声，伴奏也占据了主场。一曲终了，赫尔卡仿佛重获新生，接着她又想起了他们在图书馆促膝长谈的情景。他当时说的每一句话，做出的每一个表情，她都清晰地记得。

他现在来到了这里，依然是那个人，依然是那个男子汉，他的“音乐”和那时一样坚定有力，尽管现在的声音更为柔和。而且最美妙的是，现在只有他们两人，她的一生中从未经历过这样的情境。她的手指搭在他的肩上，他们俩沉默而又甜蜜地站在一起，凝望着窗外洒满月光的大地，忘记了姓名、忘记了学业、忘记了一切，这里只有他们俩，在这“美妙的暗夜精灵”的控制下，在这温暖的夏夜里，忘记了一切。

直到黎明悄然无息地到来，房子前面的草地变成了神秘的粉红色。最令人好奇的是其中某些草叶，白天在烈日下蜷缩着，现在却在黎明的阴影中摇曳，交织的光影让人无比惊奇。只是一夜，他却觉得恍如隔世——这是哪儿？我怎么会在这里？

“晚安。”亚尔维特终于恋恋不舍地开了口。

对方没有用语言回答。在那间古老的客厅里，弥漫着一股木头和干净亚麻布的气味，这里曾是许多新娘步入婚姻殿堂的地方。这时，响起了轻轻的脚步声，两扇门几乎同时关上了。再打开时，他们恢复了主人和客人的身份，恢复了应有的礼仪。

他们就此睡去，当他们再次睁开双眼，等待他们的是更为奇妙有趣的一天。

第十二章

星期天的上午，没有什么活儿要干，一切都显得闲适自在，客人和主人都可以躺在床上多睡一会儿。亚尔维特向窗外望去，天气很好——这样阳光明媚的日子一直待在屋子里实在太可惜了，虽然他们是最后上床睡觉的，黎明时他们还好好欣赏了一下院子里的光影。现在，一切都和昨天一样，女仆系着一条雪白的围裙，她和来找主人的老工人马努打招呼，笑容里透着周末独有的闲适。

这个早晨，赫尔卡比任何人都起得晚。主人和亚尔维特，还有另外一两个人已经喝过咖啡、游过泳了。他们身上还有一种懒洋洋的感觉，为了结束这种慵懒的状态，他们决定去看看麦子的长势如何。大多数麦子已经抽穗了，一些甚至已经变得透明，微风吹过，麦花随风起舞。有一些麦穗在阳光下还是发暗的，它们尚未完成授粉，麦穗里的花粉随时准备着履行自己的使命。不过一大早起来，最重要的还是这耀眼的、炽热的阳光，它似乎把空气推到一边，使所有有生命的东西，包括草、蝴蝶、人都得注意它。灿烂的朝阳以其不可抗拒的魅力吸引着四面八方的人们聚集到农场里。

最后，赫尔卡也醒了——她是被歌声唤醒的。是的，那是星期天早晨十点钟农场上响起的小夜曲！音乐声传进她的耳朵，像每天早上柔和的晨光一样，温柔地将她唤醒。很快，唱歌的人就得到了回应。透过窗帘间的空隙，他们看到了那张深受大家喜爱的脸，柔软的棕色头发，浅棕色双眸的美丽眼睛，以及嘴角上翘起的酒窝。大家对赫尔卡的爱各不相同，长辈是亲情之爱，学徒们是友情之爱，而亚尔维特则是炽烈的爱情之爱。

歌手们虽然看不到彼此的表情，但赫尔卡却能看到每一个人的脸庞。嘿，还有舅舅，那张晒得黑黑的脸，正热情地唱着他的台词。他看上去多么和善，仿佛在重温自己的青春岁月。两位年轻的学徒都努力让自己看起来正经一些，主人和亚尔维特交换了一个别有意味的眼神。赫尔卡注视着他们，在那短暂的一瞬间，她的眼神变得更加温柔。

唱歌的人看到她在帘子间点了点头，然后她假装在窗子上放蜡烛，迎合这小夜曲的气氛。歌手们唱完后，姑娘的嘴唇调皮地贴在窗玻璃上，向他们致意。四位歌手都看了她一眼。走进院子的祖母也注意到了这一点，她瞥了一眼那些歌手，说：

“赫尔卡今天精神不错嘛。”

她告诉他们早餐已经准备好了——随时可以吃饭。

第十三章

家人们又一次围坐在餐桌旁，准备共享一天中最重要的一餐。赫尔卡热情地投入于晚餐的筹备工作中，脸上洋溢着满足的微笑，不时向亚尔维特投去会心的点头示意，仿佛他们昨晚在门外台阶上的那次促膝长谈，已经让彼此之间产生了某种新的默契，即使仅仅隔了一个夜晚，也足以让这份感情的纽带变得更加牢固。祖母更是精心装扮，她特意穿上了最体面的礼服，仿佛这一天有着不同寻常的意义。晚餐开始了，家中弥漫着食物的香气与欢声笑语，祖母适时地开启了谈话，她的声音温和又充满智慧，话题自然而然地转向了那些轻盈地飞翔于蓝天之下的燕子。她讲述着关于燕子的古老传说与趣闻，那些故事里蕴含的不仅有对自然界的敬畏，还有对家族传承与季节更迭的深刻感悟。祖母的讲述，令一家人不仅享受了味蕾的盛宴，而且经历了一场心灵的聚会，彼此间的情感纽带在这日常而又温馨的时刻里，得到了无形却有力的加强。

“我至今仍觉得不可思议，自打我踏入这片土地，居住在这座庄园以来，年年岁岁，燕子总能在屋檐下寻得一隅筑巢育雏，这份坚持，至少绵延了六十余年。”

泰里兰达老爷，这位家族的长者，闻听此言，眉眼间流露出一抹慈祥的幽默感，他轻轻笑道："看来，那些燕子定是修炼成精的智者，年复一年，跨越季节的轮回，选择在此栖息，与我们共度时光。"

这个家族农场，宛若一部活生生的历史书，一页页地记录着家族的荣耀与变迁，根植于同一血脉之下，代代相传。餐桌上的话题，如同美酒，不经意间又流淌至那些空中精灵身上。赫尔卡，这位温婉的女子，她轻启朱唇，为这晚餐增添了几分别样的色彩：

"实际上，我名下的产业并不坐落于此，它静静地躺在风景如画的帕哈诺加，每年夏至，我都会踏上归途，去那里寻找一份独属于夏日的宁静与清凉。今年，尽管行程未定，但望着窗外如此明媚的晚霞，我想，或许就在今天晚饭后的悠长时光里启程，让心灵去那熟悉的地方做一次短暂的旅行。"

"能带我去逛逛吗，赫尔卡？"

大家都注意到，赫尔卡和客人亚尔维特现在互相用教名称呼对方，但他们在前一天晚上说晚安时并没有这样称呼，谁也不知道这期间发生了什么。如果有人，尤其是年轻的家庭成员中有谁在听到赫尔卡的话时还想陪她一起去，那么在这位客人提问后，他肯定会意识到，自己已经没有机会了。

"当然。"赫尔卡回答。

泰里兰达舅舅巧妙地转变了话题，像是一位老练的舵手，不经意地调整着对话的航向，避开了可能掀起情感波澜的海域。他问道："赫尔卡，我听说帕哈诺加农场风景独特，那边的作物生长情况如何？那些勤劳的农人，他们最近过得还好吧？毕竟，那片土地上不仅承载着庄稼的生长，还有无数朴实而坚韧的灵魂。”

赫尔卡的目光从亚尔维特温暖的笑容上温柔地移开，嘴角含笑，眼里闪烁着对那片远方土地的思念和自豪：“哦，舅舅，帕哈诺加的农场如同一幅精心创作的画卷，四季各有其美。春天，万物复苏，生机勃勃；夏日，阳光充足，麦浪翻滚，金黄色的波涛似乎能直抵天际；秋风起时，果园里硕果累累，空气中弥漫着成熟的香甜；至于冬日，则是一片静谧，白雪覆盖下的田野孕育着来年的希望。农民是那片土地上最宝贵的财富，他们的汗水滋养了每一粒种子，他们的笑声则在丰收的季节里回荡。努娜家与我们相邻，两家几代人交情深厚，彼此间的帮助与扶持早已超出了邻里之情，更像是家人一般。”

说到这里，赫尔卡再次将视线温柔地投向亚尔维特，似乎在无声地邀请，希望有一天能带他去看看那片充满故事与情感的土地，一同感受那份远离尘嚣的宁静与美好。亚尔维特，似乎读懂了这一微妙的信号，微笑中带着几分期待，晚餐的氛围因此变得更加温馨且充满遐想。

第十四章

老农场的原址并没有太多可看的，这个地方本身是块由石头铺就的高地，所以在老农场上散步，总能看到旁边那迷人的小湖，长满草的小丘以及一些断壁残垣。几棵参天古树屹立在这片农场上，仿佛在诉说着人类曾经对它们的倚重，许多人路过时总会情不自禁地拥抱它们。此时，它们俨然成了历史的见证者，以庄严的姿态欢迎这对年轻恋人的到来，尽管他们的心思根本不在它们身上。

小丘脚下有个破旧的干草棚，一旁的草地上生长着许多风铃草和苜蓿草。如果没有干草棚的保护，它们无法在丛林里生长。其中还夹杂着几株风信子和紫罗兰，还有一些刚刚盛开的鲜红色三叶草。赫尔卡弯下身子，仔细观看着小山坡上的美景。

“野草莓还没熟呢。”

“哦，黑麦还没开花呢。”

“哦，是的，不过你什么时候看到过黑麦？”

“我今天早上看过，至少有五分之一的麦穗还是暗的。”

他们不得不这样一本正经地找话题闲聊来打发时间。

在返回的路上，亚尔维特一直看着他的同伴，又想起他们在城里的最后一次见面。令人惊奇的是，她窈窕的身姿与天真的神情，和这片夏日里野花盛开的林间空地极为相称。她迈大步子，试图跟上他的步伐。在这林子里，想干什么就干什么，除了那只悄无声息飞过去的捕蝇鸟，没有人知道。路边的草丛中，偶尔有一株白屈菜或一株矮小的毛茛探出头来。

他们走着走着，发现原本的道路已变成了一片草丛，只有看到树林的出口时才能辨明方向。赫尔卡挽住了亚尔维特的胳膊，动作有些僵硬和紧张。亚尔维特迟疑地停了下来，她发出了一声轻笑，笑声如同金色的水珠洒落般悦耳动听。忽然她伸出胳膊搭在他的脖子上，而后亲吻了他的嘴唇。

他们一起去看了她那片旧农场后就回家了。一切看起来都很正常，但他们的心境和最初动身时已经完全不同了。亚尔维特抓住赫尔卡的肩膀，把她紧紧地搂在怀里，他像之前合奏完那首乐曲时那样望着她，说道：

“你爱我吗？”

“你知道的，我已经没法儿拒绝你了。”她的声音如此悦耳，又像是激动得轻轻哭泣。

这时，她的注意力被一朵鲜花吸引了，它在草丛中像一只蝴蝶的翅膀一样闪闪发亮，又像一只观察世间万物的眼睛。

他们从一扇门出来，来到田野上，看到了远近大小不一的农场。在他们面前，南面的天空呈现出铅灰色，在他们后面，可以感觉到傍晚的金色余晖将他们的背影笼罩。但是月亮还没有出来。

他们各自走在路的两边，鞋子在坚硬的泥土上咔嗒作响，路边的野花越来越多。在亚尔维特这边，一棵杨树从裂缝中长出来，它的嫩芽很小，叶子却出奇的大。附近还有大量的鸢尾、花楸、绣线菊、木铃草和风铃草，还有一两只即将开花的蓟。这是在草木茂盛的山坡上发现的最可爱的植物，花是紫色的，叶子顶部是深绿色的，下面几乎是白色的，当你折断茎的时候，大量的白色汁液就会渗出来。赫尔卡那边是一片玉米地，沉甸甸的玉米穗刚刚发育成熟。一些盛开的欧芹，在玉米秆的庇护下，跟一些毛茸茸的种子球待在一起。

赫尔卡走在田间小路上和走在树林中柔软的草地上的身姿截然不同，她悠闲地走着，就像在首都舞厅的木地板上行走时亚尔维特看到的那样，走出的每一步都展示了她的迷人与美丽。她现在不想和她的同伴说话了，经历过刚才的对话后，她只是轻轻地哼着小曲儿，慢慢地摇着帽子跟上同伴的脚步。如果亚尔维特跟她说话，她会立刻愉悦地回应，但显然她的思想已经飘向了远方。

这是艺术家在湖上独自泛舟时所见到的景象。

第十五章

有位安静而敏感的艺术家也在这个夜晚四处游荡，直到黎明。在北方的夏夜，尤其是星期天的黎明时分，许多人都会在外面闲逛。原因各不相同，但他们都喜欢在这片天空下自在地呼吸。

他之所以被赋予“艺术家”的美誉，源于他对艺术领域的系统性学习与深耕。在闲暇时光，他常常沉浸在创作的喜悦之中，用画笔勾勒出大自然的宁静壮美——无论是广袤无垠的风景，还是牧场间悠然自得的生灵，都被赋予了新的生命。那些同意成为他笔下主角的当地居民，比如泰里兰达家的老马努，多种姿态生动地跃然纸上。艺术家笔下的老马努，无论是日常劳作的场景，还是桑拿后光着上身坐在台阶上，等待体温与空气温柔对话的私密时刻，每一个画面都透露着艺术家对人性深刻的理解与尊重。

除了活灵活现的画作，他还著有几部绘画专著。书中不仅彰显了他深邃的艺术洞察力与卓越的审美追求，还体现了他在艺术理论上的深厚造诣。尽管这些书籍如同隐秘的珍珠般尚未被广泛发掘，但这并不减损其内在价值。此刻，这位艺术家正悠然自得地坐在他那标志性的以白色为基调辅以一抹炽热红色的小船上，仿佛漂浮于生活与艺术交汇的河流之上，继续着自己无尽的探索与创造之旅。

他在户外比在室内更快乐。他有自己的家，也有自己的家庭。他就住在离泰里兰达家不远的一个偏僻农场的小屋里。房屋的主人遭遇了不幸，因此他居住在了这里。在此之前，他和妻子一直住在老家，那里发生了许多不愉快的事，不可挽回地奠定了这个家庭生活的基调，且这种基调将一直持续下去，直到他的生命结束。他有欣赏自己艺术的朋友，也有自己的事业，但他还在寻找某些东西，虽然他也不知道自己具体在找什么。

艺术家轻轻荡桨，小船悠缓地切开水面，涟漪缓缓扩散，最终又归于宁静。随着波澜的平息，泰里兰达家农场的轮廓在如镜的水面上渐渐清晰，宛如一幅细腻的水墨画，静谧又生动。他凝视着倒映的世界，心中浮现出村民们忙碌而欢快的身影，他们的日常生活充满了朴素的活力与发自内心的欢笑。尤其是在这个绚烂的夏季，大自然的蓬勃生机与人类生活的烟火气息交织在一起，让他深切地感受到季节轮回的甘甜。

不论是晨光破晓，还是夜幕低垂，艺术家总能在乡村的夏日景致中找到漫步的理由，仿佛一位孜孜不倦的旅者，不断探寻着光与影的秘密。他的心灵之旅，既是对周遭世界的好奇探索，又是内心的一场逃离。正如那笑话中所述的鸵鸟，把头埋于沙中看似是逃避现实，实则是以一种独特的方式，深深扎根于生活的土壤，细细品味着每一份喜乐与哀愁。在这片充满魔力的土地上，艺术家与自然同呼吸，与生活共脉动，用他的画笔，记录下每一个值得铭记的瞬间。

他不时地靠在船桨上，在那顶十分破旧的帽子下，他那慈祥而忧郁的眼睛仿佛在看着什么，但事实上他自己都不知道在看什么。他的目光越过麦田，麦穗在火红晚霞的映照下如金子般闪闪发光，但是他已经沉浸到自己的内心世界里去了，全然忽略了这些美景。

七月的麦田，沐浴在强烈的日光下，宛如一幅流动的黄金画卷。微风轻拂，掀起层层叠叠的麦浪，每一次翻涌都仿佛是大自然在用它细腻的笔触，在广阔天地间勾勒出生命的诗篇。此情此景，勾起了那些敏感之人内心深处对时光流逝的感伤之情。作物的成熟，既是大地慷慨的馈赠，又是季节更迭的必然，恰似人生旅途中那些既美好又令人感慨的瞬间。

在这片孕育希望的土地上，一位农民的身影显得尤为坚毅。他的皮肤如同被阳光亲吻过的古铜，每一道沟壑都是岁月的印记，记录着与这片土地不解的情缘。他的儿女们，虽然可能已经踏上了各自的人生旅途，但心中始终铭记着父亲那双沧桑的手，以及这片充满了无数梦想与汗水的土地。对他们而言，这份记忆，是灵魂深处最温暖的归宿，是对家族传承的无言颂歌。

艺术家立于麦田之畔，深邃的目光穿越了物质的表象，探索着农民生活的精神内核。在他的心中，这些平凡生活的点滴，汇聚成了一种超乎想象的完美，它们纯净、质朴，比任何精心构思的图画都更震撼心灵。艺术家深知，自己留下的不过是在小屋昏黄灯光下绘出的一幅幅画作，但这些色彩与线条交织的画面，是他对生活最深切的理解与致敬，它们超越了物质的局限，在时间的长河中静静地诉说着不朽的传奇。

正当他思绪万千之际，一阵节奏均匀的划桨声打断了他的沉思，将他从深远的想象拉回现实。转瞬之间，视线所及之处，贾尔马里家的女主人正从后方坚定地划水而来，目标直指前方的泰里兰达家，她的身影在波光粼粼的水面上留下一道坚定的轨迹。

“希尔佳，什么事这么着急？”

“有急事。”

“你快到产期了吧？到时我能不能请你当模特，画一幅圣母图？”

“我的胸不能让全世界的人都盯着看，你家里有你自己的玛丽。”

“那我去看看孩子总可以吧？”

“当然，随便你。”

在柔和的阳光下，农夫那位姿色出众的妻子摇着桨离开了，留下一串涟漪在水面缓缓铺展。艺术家的目光，如同温暖的春风，既带着欣赏的意味，又夹杂着几分异想天开，让她的心湖泛起了微妙的波澜——既有轻微的恼怒，又被那赞美之词暗暗滋养，生出一丝不易察觉的欢喜。即便身怀六甲，即将开启生命中新的篇章，她的容颜仍旧如同初绽的花朵，清丽脱俗，眉眼间流露出一种母性的光辉，平添了几分温婉与深邃。平日里，她的脸颊被阳光打造成均匀的古铜色，但在孕期的柔光笼罩下，她的颧骨处竟绽放出玫瑰般的红晕，为这份自然之美添了一抹动人的风韵。艺术家倚靠在桨上，动作中透露出一份微妙的不舍，他甚至悄悄地让小舟随水漂流，试图以这种方式挽留这水上相遇的美好时光，让它能在记忆里缓缓流淌，不被遗忘。当那艘承载着美丽身影的小船渐渐远去，只留下一道细长的影子在水面上摇曳时，这位孤独的艺术家心中涌起一种奇异而纯真的情感，宛如孩童时代初次发现世界奇妙之处的那种惊喜与留恋。这份感觉，纯净又复杂，让他在那一刻，仿佛与整个世界达成了某种温柔的和解。

两条船之间的距离越来越远，不久，在落日耀眼的红光中，她那鲜明的面部轮廓变得模糊起来。落日的红光也照在了泰里兰达家谷仓的墙壁上，照在那个在田野边走着的姑娘的衣服上。孤独的艺术家乘着他的小船徘徊着，照目前的情况看，坐着看这幅简单的画确实很舒服。

他又开始划桨，没什么固定的方向。与希尔佳分开后，他开始哼一首民歌小调，那是一段取自某首慢节奏民歌的旋律。艺术家紧闭着嘴唇，让小调在鼻腔里轻柔地颤动着，每隔三小节他的船桨就会轻轻地划动一下，慢慢离开了和希尔佳相遇的地方。

第十六章

在泰里兰达家，他们又像前一天晚上那样坐在外面，虽然只隔了一夜，但很多事已经不太一样了。那天是星期天，所有的人都知道，这是夏天最后一个纯粹而完美的星期天。一个星期以后，一排排浓密的干草堆将在田野上投下它们的影子，那将是一段忙碌的时光。因为是星期天，每个人的穿着都与平常不同。就连晚上被牵到牛场挤奶的牛，它们走路的样子甚至也带有一种星期天的神气。那些乘着小船到湖的另一边去挤牛奶的姑娘，都穿着最漂亮的衣服，似乎在期待着即将到来的欢乐时光。

祖母，那位满头银丝、岁月在脸上勾勒出温柔线条的老太太，又一次静静地坐在她那熟悉而略显斑驳的台阶上。阳光透过稀疏的树叶，洒在她布满皱纹的手上，仿佛是时间在喃喃低语。她偶尔抬头，用那双充满故事的眼睛望着屋内，嘴角挂着一抹淡淡的微笑，缓缓说道："你们两个小家伙，昨晚定是在客厅里窃窃私语直到晨光微露吧——我虽然躺在床上，可心里跟明镜似的。"

她的目光转向了客人亚尔维特，那眼神中既有长辈的慈爱，又藏着一丝好奇。对于这个年轻人，她了解不多，但他身上那份未经雕琢的纯真和对生活的热忱，却让老太太不由自主地心生欢喜。

这时，谷仓旁边出现了两个木筏工人，他们手里拿着牛奶罐，缓解了两个年轻人的尴尬。女主人不得不起身走过去招待他们。

“你们这儿的奶牛挤过了吗？”一个男人对她喊道。

他的头上并未佩戴任何头饰，任由那灿烂如阳光的金黄色头发在晨风中悠然自得地飘散，每一根发丝似乎都被细心地梳理过，透露出一种不加雕饰的自然之美。他的双眸，更是令人难忘，那是一对浅蓝色的眼睛，清澈而深邃，犹如广阔无垠的天空在最晴朗的日子里展现出的宁静与辽远，给人一种超脱世俗的清新感，让人很难相信这样一张年轻而俊美的面孔，竟属于一位终日在水上漂泊、与风浪为伍的木筏工人。

挤奶女工站在一旁，嘴角挂着一丝淡淡的笑意，显然，她对这位青年并不陌生。她轻声向周围的人介绍道：“他是于尔约·萨洛宁，来自那艘停泊在海克拉玉米地旁岸边的第三艘木筏。”话语间，她的眼中闪过一丝不易察觉的钦佩与关怀，仿佛在萨洛宁的身上，看到了一种超越平凡的力量与魅力。

因为湖面上连日来持续的逆风，这批木筏工人不得不在这一段水域徘徊多日，等待风向的转变。时间仿佛凝固在了这无尽的等待中，直到这个星期天，和煦的微风终于改变了往日的狂躁，为他们带来了短暂的安宁与休息的机会。然而，正是在这样难得的平静时刻，他们不得不为晚上的起程做准备。于是，这些与水为伴的男儿，纷纷踏上陆地，到邻近的农场寻找生活必需品，特别是那一份能够给予他们力量与慰藉的新鲜牛奶。

“曼特勒·犹卡回来了吗？”一个挤奶女工问他。

“那个无赖回家找老婆去了，他不会这么快回来的。”萨洛宁满不在乎地说。

女孩之所以这么问，是因为曼特勒·犹卡的妻子萨朵拉是她的亲戚，因此她一听就生气了。

“你也没好到哪儿去。”挤奶女工反驳道。

船员们取了牛奶就走了。宽阔的湖面上又传来船桨有节奏的吱嘎声。当他们还在和挤奶女工说话的时候，太阳就已经下山了。当他们到达木筏时，月亮的轮廓已经清晰可见。

第十七章

与此同时，曼特勒·犹卡回来了。他喝得酩酊大醉，口袋里还装着剩下的酒。他建议他们到村子里去溜达溜达。犹卡试图说服萨洛宁，但萨洛宁却是跳来跳去，吹着口哨，对犹卡的话毫不在乎。

犹卡在外表上与萨洛宁大不相同。他很粗鲁，骨架很大，头脑简单，爱吹牛。

“来吧，来吧，诺基亚。”犹卡再次说道。萨洛宁之所以被称为诺基亚，是因为他曾提到自己出生在一个名为诺基亚的工业社区。

“哦，别唠叨了，伙计。我说过我不去，不是吗？”萨洛宁说话了。他特别恼火，因为他正聚精会神地把他的刀对准舱房的墙壁，这是他最喜欢的娱乐方式：拿着他那把细长的考哈瓦刀的刀尖，把它扔向小屋的墙壁，如果他击中了瞄准的地方，就会非常自豪。当其他的木筏工人停下来观看他的表演，而他也成功投中时，他就会开始向他们讲述他曾经在马戏团看到过的最了不起的表演：一个男人和一个姑娘，他猜测那个姑娘一定是男人的女朋友，姑娘靠在一块木头隔板上站着，男人瞄准她头部周围的位置，然后把刀子一把把扔了出去。当姑娘离开时，木板上只留下了她的轮廓。每一把刀都击中了她旁边的目标，但没有一把刀击中她。如果稍有差错，她就会没命，那个男人的飞刀扔得非常准，而且力气特别大。姑娘走过去，骄傲地把飞刀从木板上拔出来。这一幕让萨洛宁印象深刻。

“我说过我不想去的，不是吗？别唠叨了。”萨洛宁说着，再次用刀瞄准小屋的墙壁。然后他倒在铺位上，拿起他上次在铁路旁的村子里买的那本书，这本书的名字是《爱的受害者》。萨洛宁还不到二十岁，在此之前，他在城里当过店员，他那好动的性格惹来了麻烦，他还被判处一笔数额不大的罚金，但他并不愿意支付。这个夏天他找到了现在这份工作，在这片湖区做一名木筏工。他不想为交不上罚金而坐牢，至少现在是这样。他听说夏天的木筏是最好的藏身之处。

这条木筏不是很大，木材公司的办公室就在不远处，所以这一带的木筏连个像样的船长都没有。船员中年龄最大的人可以凑合当个船长，反正工资也不会多发。每个星期六，办公室里都会派一个老头儿乘着汽艇来付工资。他昨天来过，这位办公室老头儿只有一条胳膊，平时在这些船员面前毫无存在感，但在工作上却表现得非常出色。在水流湍急的水域，他知道所有需要躲避的地方，并且能像前线的将军一样果断地发号施令。

萨洛宁在木筏工中交到的最好的朋友是马蒂，他是一个心思十分单纯的人，热衷于赞美萨洛宁的敏捷、年轻和堪称丰富的经历。当萨洛宁因谋杀罪受审时，马蒂·波勒麦基和他一起站在被告席上，戴着镣铐，被指控煽动谋杀。当然，法庭最后下令把马蒂的脚镣从他的脚踝上取了下来，因为没有证据证明他曾像有的人声称的那样对萨洛宁喊过:“让他好好享受死亡吧！”不过，马蒂还是以第二被告的身份站在英俊的萨洛宁旁边，穿着和他一样的囚衣接受审判。那天晚上，陪审团和律师们谈论得更多的是萨洛宁，而不是马蒂。但根据章程，法官总会询问被告一些私人问题。

“已婚还是单身？”法官问马蒂。

“我还没有结婚，但我已经订婚五年了，而且我有三个孩子。”

“那么，你为什么还不结婚呢？”法官接着问。

马蒂陷入了沉默，后来，马蒂所在教区的区议会主席说话了：

“马蒂一直没有去他们教区教授礼仪的学校上课，所以他还不能去教堂举行如此隆重的仪式，但除此之外，马蒂很好地照顾了他的家人。事实上他比那个被谋杀的男人曼特勒·犹卡要好得多，犹卡的家人有时不得不依靠教区的照顾，而马蒂的家人却从来不需要。”

为了维护犹卡妻儿的利益，主席亲自去调查过，结果显而易见：马蒂和犹卡妻儿来自同一个教区。

被抓的前一天晚上，他们并没有什么不祥的预感，仍在尽情地享受着上天赋予他们的快乐生活。

萨洛宁还是到村子里去了。他看了很久的书，在合上之前，他折起了刚读到的那一页，然后把书塞进他挂在小屋墙上的工作服口袋里。轮到马蒂煮咖啡了，尽管不受欢迎，犹卡还是挤过来要求分一份咖啡。他在木筏子上摇摇晃晃地走着，不时地拍拍他的马。

“快一点儿，”犹卡带着醉意说，“喝完咖啡我还要继续出去玩一圈。”

他一边说，一边无端地用力拍打着那匹马的腹部，结果那匹马愤怒地嘶叫着跳了起来。因此，这个醉汉认为有必要更用力地打它一顿。犹卡就是这么个不讲道理的人，他也确实这样做了。然后，他跳到一条小木筏上，使劲地推了一把，他还没来得及拿起桨，木筏就已经靠岸了。然后，他摇摇晃晃地向那些房子走去。

与此同时，萨洛宁走出船舱，看到马蒂在和一个老农夫讲话。那个农夫是个聋哑人，性格很孤僻。马蒂一边比画手势，一边看他在那里吹牛如何捕鱼，两个人就这么风马牛不相及地聊着天。

“他在向你乞讨吧？”萨洛宁说道，“你可真无聊，这么待着可不行，我得上岸走走。”

这个星期天的晚上，月亮升了起来，俯瞰着脚下的一切。

第十八章

实际上，犹卡只是漫无目的地游荡着，岸上的人们和他家乡教区的人们生活是一样的。每个小屋里都住着满脸皱纹的中年人和一群年龄不同的孩子，每日艰难地维持着生计。孩子们看见这样一个大个子陌生人出现在自家门口，不由得围上去嬉笑起来，看他用右手的食指挖鼻孔，用左脚的脚趾戳右脚的脚趾，在那里跌跌撞撞地走来走去。犹卡倒是觉得孩子们的围观让自己显得很重要，便突然唱起歌来，断断续续地哼着他记忆中的曲调，那是他笨拙地向妻子萨朵拉求爱时唱到的歌曲："男孩和别人的女孩跳舞真有趣——嘿！"一个农夫走了出来，起初他有些粗鲁、很不耐烦，想看看是谁在外面喧闹。当他看到犹卡手里的酒瓶子时，就明白这不过是个酒鬼罢了。

在酒喝光之前，犹卡踉踉跄跄地拜访了两三个村舍，然后，他出发返回"海岸"。这是他常用的一个词，他还有几个新鲜词作为储备，都是从他口中的"大世面"学来的。他总是吹牛说自己曾经去过美国，并向每个人保证他还要回到那里，因为"旧世界"哪有那里繁华体面，有无数发财机会呢？他就这样醉醺醺地边走边唱，醉态引得孩子们欢笑不已。

离开最后一个停靠港后，犹卡纵身一跃。在绿油油的草地上直挺挺地倒下。他休息时哼着各种各样的歌。草地旁一间小屋里，一个男孩被派去看看是否出了什么事。男孩胆怯地、蹑手蹑脚地走向躺着的男人，越走越近。犹卡听到了他的声音，但他既没有改变姿势，又没有睁开眼睛，只是冲男孩胡乱嚷着：

“给我从井里打点儿水来！我刚才给你钱了——给我拿水来！”

“我用什么给你打水？”

“那是你的事，算你行行好，给我拿水来，快点儿！”

男孩吓坏了，跑回家里。他的母亲正好过来看看是怎么回事，听到了醉汉喋喋不休的话，就回去取来一个碗，从井里打满水，拿给了那个口渴的醉汉。

犹卡一口气喝完了这碗水，他这个周末被一种奇怪的不安情绪所困扰。他刚才躺在那里的时候，想起他又没有回家，这是个周末，他本应该回去的，但是……他的内心又告诉他要去别的什么地方，要到“海岸”去。

“这里不是黄金海岸、胡椒海岸或象牙海岸，但这是值得去的地方……‘男孩和别人的女孩跳舞真有趣——嘿！’”

第十九章

萨洛宁此时正沿着村子的街道闲逛，年轻英俊的脸上挂着愉悦的神情。每当他遇到年轻姑娘，总不肯直接示好，而是优雅地使用都市里的时髦用语，称她们为“小姐”。在他深深地鞠躬时，长长的额发总会垂下来，而后他再用手优雅地一挥，把头发向后捋了捋，又整理了一番发型，恢复了绅士的样子。他继续往前走，直到看到一个衣衫褴褛的老太婆孤零零地坐在路边。他上前同她聊了几句，当那个老太婆暗示她很穷时，他给了她一张五马克的钞票。她先是吃了一惊，然后开怀大笑，继续赶路。看来这个年轻人也像犹卡一样喝多了，有些飘飘然了。

然后，他在一个谷仓的台阶上坐了下来。那里有个盛装打扮的姑娘，萨洛宁转过身来和她聊天，他们谈天说地，姑娘言谈间透出一股豪爽之气，还问他将来还有多少木筏要运到上游。

当萨洛宁弯下腰向她耳语时，她爽朗地大声说道：

“那要看你能不能打动我了！”

姑娘的容貌并不出众，她的皮肤很粗糙，脸又宽，身上散发着新鲜牛奶的味道。萨洛宁搂着她的腰，与此同时，一个男人从附近的小

屋向他们走来。

“她不是你的朋友吧？”萨洛宁问。

“这不重要。”男人回答，并且把一根香烟塞到嘴里，那女孩在男人面前看起来有些紧张和害怕，便悄悄离开了。在她走开后，男人上前问萨洛宁：

“想不想去找找乐子？伙计？”

月亮可能还在升起，也可能还没有开始落下。这时木筏工们开始集合，准备结束他们的各种消遣。马蒂也上岸了，他带着虔诚的表情检查了靠近水边陡坡上的麦田，看麦穗是否成熟。他曾在家里种了一小片黑麦，每晚都会细心查看，以防霜冻。那儿离这里不远，天气也和这里差不多。他从各方面看都有点儿孩子气，谁也不知道他为什么喜欢到这里来，干活儿还十分卖力，所以工头对他很满意。

第二十章

还是在这个星期天的晚上，第二辆汽车呼啸着奔向泰里兰达家的农场。在汽车停下来之前，一个男人在驾驶座上用他那纤细的胳膊挥动着手表。亚尔维特认出了他。那是海纳森，他的一个朋友。

他跳下车，恭恭敬敬地走到祖母面前，向她行礼。

“我来找亚尔维特出去玩，”他说道，“附近镇子上有个订婚派对，我们可以去看看热闹。”

“别把他拖到什么乱七八糟的地方去，他在这里就玩得很开心了。”祖母一边说，一边努力站起来回应这个新来的年轻人。

赫尔卡也出来了。她认识海纳森，是在冬季首都聚会上遇到亚尔维特时结识的。

“客人到这儿都还没有坐下来休息一会儿，就别谈要去哪里了，而且晚饭还没吃呢。为什么玛尔特要去贾尔马里那里给那头牛看病——奇怪的是她还没回来。最好别出什么事。”祖母有她自己的想法，她想起了之前见到的那些船员。

“我可不希望玛尔特和希尔佳碰上那群人。”祖母又说，“这么晚了，你们别出去了。”

“没关系的，祖母，”赫尔卡说，又问海纳森，“我和塞尔玛可以去吗？”

“当然，当然，”海纳森说，“唯一的问题是我们有两辆车，你总得挑一辆。”

“别担心，我坐你的车好了。反正我一整天都和亚尔维特在一起。”赫尔卡嫣然一笑，两位男士都觉得她美得十分耀眼。

嘿！我的帽子挂在你的挂钩上，
挂在你的挂钩上，
滴滴滴，我把我的靴子放在你的床底下，
我把我的靴子放在你床底下。
然后我用一只手搂着你的腰，
我搂着你的腰，
另一只手托着你的头，嘟嘟嘟，
另一只手托着你的头。

湖的另一边，年轻的木筏工们一边唱着歌，一边往岸边的木筏走去。他们精神抖擞，曲调也婉转悠扬。泰里兰达家的年轻人们津津有味地听着，但是他们并没有听太久。来访的客人让泰里兰达老爷替他向泰里兰达太太问好，他一直盼望着见到她，奈何那头不懂事的牛在这样一个不合时宜的时候生病，害得他见不到泰里兰达太太。

他们开着车走了。祖母慢慢地站起来，走进她位于走廊左边的房间。赫尔卡的床放在那里，雪白的床单和被单铺得整整齐齐。是什么洒在床单上？哦，原来是月光，看起来真奇怪。这么晚了，女主人玛尔特还没有回来。

玛尔特，是的……不知什么原因，祖母开始想念她的儿媳。在刚开始共同生活的日子里，她们的意见并不一致——婆媳之间经常会有这样的磨合期。起初，玛尔特并不觉得自己的持家之道会比这个老太太差多少，但是等她真正见识了婆婆的本事之后，便心服口服了。后来她们相处得越来越融洽。

对一个上了年纪的女人来说，看着自己亲骨肉所生的孩子成长为像赫尔卡这样的漂亮姑娘，是一件很甜蜜的事。赫尔卡已经成年了，她健康、美丽、强壮。当祖母准备上床睡觉时，她不禁想起自己的少女时代，那时她常常不知道该走哪条路，如今赫尔卡也是这样。一想到赫尔卡，老太太心里就像喝了蜜一样甜，她也曾年轻过，如今她只愿老天爷保佑她的赫尔卡。

老太太不时地向湖面瞥上一眼，她的目光在那片水域上来回移动，因为在那里可以看到玛尔特的船。她犹豫着是否应该叫她的儿子派人再去看看，但是他毕竟是玛尔特的丈夫，自己不应当越俎代庖。她又想到，在这样一个星期天的晚上，不知家里还有没有人可以派去。

不管怎么样，至少他可以自己去找。老太太这样想着，不知不觉睡着了。

第二十一章

萨洛宁不断地重复着脑海中浮现的那首歌："然后我用一只手搂着你的腰——我搂着你的腰……"马蒂和他一起上了船，他们正准备划向木筏，这时犹卡的高大身躯不知从哪儿冒了出来。

"别唱了，孩子——安静点儿，读你的书吧！"他咆哮道，与此同时，他自己却大声嚷嚷着，好像是在唱一首歌，那时马蒂和萨洛宁的船离岸边大约有六英尺远。

"你管不着，闭嘴吧你这浑蛋。"萨洛宁大声回嘴。

"要我听你的话？诺基亚？你要来试试看？"

犹卡弯下腰，在地上摸索着找到一根掉了钉子的干草耙，拎了起来。

"有种你过来啊！"犹卡举起他的武器喊道。

实际上，那根干草耙根本不可能碰到船，这一点在后来的审判中已经很明确了。然而当时，这种威胁的手势和话语使萨洛宁陷入了盲目的愤怒中，他的视线里只有那个醉汉了。

犹卡身材魁梧，下巴上长着浓密的胡茬，裤子也没有吊裤带。他们这种剑拔弩张的关系已有很长时间了。原因其实很简单：犹卡有匹老马，船员们经常会借用，但萨洛宁不懂得怎么驾驭那匹马，经常对它骂骂咧咧或是生拉硬拽，犹卡看到就会发怒。当然，萨洛宁也会在用完马之后给它一大块糖，但这并不能减轻犹卡的愤怒之情。

萨洛宁跳进水里，蹚着水上了岸，向站在那里挥舞着干草耙的犹卡冲去。犹卡是个壮汉，然而，由于醉酒又笨拙，他还没来得及动手，一柄考哈瓦长刀就插进了他的左胸，这柄长刀正是萨洛宁平日里练习飞刀时使用的那把，现在它的刀身已经没入犹卡的身体，只剩下刀柄露在外头。锋利的刀尖捅断了他的一根肋骨，最后刺穿了他的心脏。

据说，就在这个时候马蒂对萨洛宁喊了一句："让他好好享受死亡吧！"但这一说法并没有得到任何人的证实。

受某种模糊本能的驱使，受伤的犹卡从水边蹒跚地爬上草坡。他走到麦田，倒在地上，鲜血不断地喷涌出来，他的眼睛变得呆滞无神，似乎想停下来凝视着月亮。

这本该是一个回家的星期天，他可以洗一个桑拿，躺在萨朵拉的身边，像每一个星期天那样……

第二十二章

泰里兰达太太不得不留在贾尔马里家里，这一切，皆因希尔佳，这个即将迎来生命中最重要时刻的年轻女子，她的分娩已迫在眉睫，而在这个关键时刻，周遭竟无人可以伸出援手。泰里兰达太太深知，分娩之路既充满希望又伴随着未知的挑战，尤其是在这茫茫夜色即将笼罩大地的时刻。她无法想象，也无法忍心让希尔佳在这样的夜晚孤独无助地面对生产的剧痛与恐惧。因此，她坚决地留了下来，成为希尔佳在这艰难时刻最坚实的依靠。

在昏黄的烛光下，泰里兰达太太仔细地检查着希尔佳事先为这一刻准备好的一切物品：干净的布料、温暖的毛毯，以及那些传统中认为可以为母亲和孩子带来好运的小物件。每一样东西都摆放得井井有条，可以看出希尔佳虽然紧张，但也满怀期待，她对腹中的小生命充满了无尽的爱与希望。

"我有充分的理由认为，我现在可以省省力气了。"希尔佳叹了口气。

"是的，毫无疑问，有这些就够了。"

疼痛逐渐变得有规律，很明显，孩子将在一个小时内降生。然而，希尔佳的丈夫却还不知所踪。

“别太担心，”泰里兰达太太说，“这事儿虽然不常见，但咱们也是可以应付的。”

“我们不得不应对，我必须上床了，我感觉到阵痛越来越频繁了……哦，老天爷，我的丈夫居然不在身边，这是什么样的生活啊！”

“别生气，贾尔马里一会儿就回来了。”

“唉，亲爱的，还有那只可怜的母牛，它怎么样了？”

即使快要生产了，希尔佳还在担心她那头生病的奶牛，泰里兰达太太叹了一口气，安慰她道：

“好多了，它已经开始反刍了。”

第二十三章

萨洛宁感觉到他右手握着的刀子插进了犹卡的胸膛，并且感受到犹卡的肋骨被捅穿时产生的阻力。一阵奇怪的、近乎是喜悦的战栗在一瞬间传遍全身，让他浑身都失去了力气。他看到了那张熟悉的、没有刮胡子的脸，犹卡瞪大眼睛、半张着嘴，露出了难以置信的表情。瞬间，他对这个受害者充满了怜悯。当他慢慢地将刀刃从犹卡的胸膛里拔出时，这种情绪达到了顶点。然后，他从刚刚的激动情绪中缓和了过来，开始大喊，他们必须马上请医生来。但是，木筏上的工头冷静地检查了尸体，沉重地说，犹卡已经不需要医生了。

“现在需要的是另外一个人来处理这件事情，去喊警察吧。”工头带着阴郁的神情补充说，“我的孩子，诺基亚，看来你已经为自己买了一张长期的饭票了。”

萨洛宁已经完全怔住了。起初，他咕哝了几句，大意是这都是犹卡的错，他为什么要挑起一场争吵呢？现在，听了工头的话，萨洛宁彻底清醒了，又开始大喊，他们必须去请医生。

“到村子里去买匹马，如果你不想去，我就自己去。”

“哦，是的，你当然不会介意自己去啊，正好找机会开溜嘛。”

萨洛宁还是向村子走去。

“嘿，你们两个，跟他一起去。我们不能就这样放过一个杀人犯。”

萨洛宁又一次勃然大怒。他激动地挪动着脚步，双手插在裤兜里。他没有戴帽子，金色的头发仍然整齐地向上梳着，但他一边咆哮，一边用手指拨弄头发，然后像往常一样摇了摇头，头发才恢复成原来的样子。

“我不是杀人凶手！如果还有人这么说，我会给他好看的！他甚至没有喊我的真名，而是叫我‘诺基亚’——我讨厌他这么喊我！其他人也一样！”

萨洛宁咬牙切齿，他似乎快要哭了。

“我要告诉他的妻子他到底是什么样的人……哦，犹卡，看看你都做了些什么？我们必须找个医生，我有权替他找个医生！你跟我来，马蒂，还有海诺宁，我不会逃跑——我们可以去向科尔萨尼借一匹马，他是个正人君子。至于你们其他人，就尽力照顾好那个可怜的家伙吧。我的老天爷，生活就是这样……”

随后，他和他的同伴们离开了，但他仍在不停地说着话，咆哮着。事实上，他的表现只是为了逃避他已经意识到的、这个无法挽回的事实。

但是现在他只能去找医生，如果他借了马，快马加鞭地把医生找过来，犹卡或许还有一线生机。他这样想着，慌乱地离开了。

在工头的建议下，其他人没有碰犹卡的尸体，保持着他倒在麦田上的样子。

“这对警方的调查可能很重要，”工头说，“记住，伙计们，这一切是怎么发生的，还有犹卡最初站的位置……”

工头脸上带着严肃的表情，开始和其他船工们一起回忆刚才发生的事情。

犹卡穿着灰色的粗哔叽衣服和打着补丁的高筒靴，躺在正在结籽的牛欧芹和即将开花的野牧草中间。他半睁着眼睛躺着，仿佛正在凝视着下沉的月亮。每年这个时候，满月在地平线上停留的时间并不长。木筏上的棚子里拴着他的马，他的马车就停在木筏旁边，无论是马还是马车，都已经老得不成样子。

第二十四章

在奥利拉的挤奶女工埃米的帮助下抓住了那匹桀骜不驯的马之后，贾尔马里终于可以去找接生婆了，可是家里还是一个男人也没有，这让他心里很是烦躁。一路上，他一直保持着一种特殊的、孩子气的心态，焦虑似乎无法消解。但他的内心深处其实隐藏着几分欢乐，毕竟在夏夜独自驾车穿越森林也是一种享受。他尽了最大的努力，用缰绳使劲拍打着马的后臀。如果真的出了什么差错，那也不是他的错——他也不敢陪在妻子旁边看她那痛苦的样子，他已经尽了最大的努力。破晓时分，已经有早起的农民夫妇站在院门口，但是贾尔马里无暇顾及这些，他驾着马车匆匆赶路。

但是接生婆不在家，她刚被叫到教区另一边的偏远农场去了。贾尔马里的马已经大汗淋漓，可他必须想尽一切办法，继续为妻子寻找帮助。他没有别的选择，只能去寻找那个接生婆。家里可能已经发生变故，他明白这一点，但其他的事情，他也无能为力。有人已经开始晒干草了，那些干草架子已经堆好，它们的存在似乎也在无形中增加了贾尔马里的焦虑感。作为一个勤劳的农场工人，他本应在忙碌和苦恼中抽出时间去完成农活，这是今年夏天的首要任务，但在这狂奔的途中，他觉得这些农活离自己越来越远了。

最后，当他咔嗒咔嗒地走进接生婆所在的那个农场院子时，他发现那里的情况和他家中的情况差不多，根本没好到哪里去。

“不行，这孩子随时要生，我离不开，”接生婆斩钉截铁地拒绝了他，“要么你等等，要么你去找医生。”

“我等不了，但是，我……我懂了。”贾尔马里怯懦地说，“你总不能不管这边的产妇跟我走是吧……”

“是的，是的，”半身血污的接生婆应付了他几句就进屋了。他还能做什么？他也不能去下一个教区再找个接生婆来，马儿已经疲惫不堪了。

第二十五章

海纳森开车，赫尔卡坐在他旁边，后面那辆车里是塞尔玛和亚尔维特，他们带着愉快的心情离开了泰里兰达家。想想看，在这样祥和宁静的夏日，他们能离开长辈出来走走，寻找一些属于年轻人的快乐，的确令人感到愉快。亚尔维特还认为，在去目的地的路上，海纳森让赫尔卡坐他的车是一个好主意，等回来的时候，他就可以和赫尔卡独处了。因为海纳森将继续他的旅程，塞尔玛则决定留在城里。

夜晚带来的愉悦陪伴着这些旅行者，车子疾驰而过，一幕幕美景如影随形，他们时而瞥见路边散落着的村庄，时而遇上躲在转弯处的松林。穿过松林，那美丽的乡村景色又舒展开来，静静地铺在一片宁静的湖面上。远处的山脊上，黑色的湖水与群山里的鸟儿一同做着梦。这个可爱的芬兰夏夜是旅行者们一辈子都难以忘怀的，不过他们没有停下来欣赏它，因为他们就身处其中。他们的目光追随着美景，悉心感受着，陶醉在这美丽的景色中。然而他们并不会去刻意地想念它，因为即便到了冬夜依旧能够看到皎洁的明月，那时候还会有满地的银霜。

“这个时间，芬兰南部的夜晚没有这里这么明亮吧？”赫尔卡望着海纳森那柔和英俊的侧影，提出了这样的问题。

“是的，尤其是在外群岛，”海纳森眯着眼睛回答说，此时他们经过一个农场，有人在路边留下了一个干草架，他不得不小心驾驶，“在沿海城市，所有的路灯都亮着。其实，那种夏夜也有它的魅力，电光照耀下盛开的栗子花十分漂亮，但现在花期已经结束了。”

另一辆车上，塞尔玛因为不认识海纳森，所以小心翼翼地向亚尔维特询问他是谁，亚尔维特听到塞尔玛的问题时开心地笑了起来。

“像这样美丽的夏夜跟他在一起游玩，你可要当心啊。他向来喜欢践踏他人的芳心，正如我们践踏夏日草地上的花朵一样随意。”

“你自己可能也得小心。”塞尔玛反驳的时候，亚尔维特认真地看向了赫尔卡的这位表姐。

塞尔玛的眼睛一直盯着前面的车，因此他看见了她那张五官分明的脸。她的皮肤十分光滑，虽然有些粗糙，但十分健康，靠近耳朵周围的苍白揭示了另一件事——她的确应当寻找一位结婚对象了。她的红发像燃烧的火焰一般，昭示着她坚定的内心。

塞尔玛是个十分有警惕心的人，如果有人靠近她，无论是同龄的女人还是任何男人，她都会立刻挺直身子，以彬彬有礼的姿态示人，灵魂中那团金色火焰似乎被暂时地压制住了。她对自己的容貌并不自信，如果一个地位较低的人，如女裁缝、洗浴员用颤抖的声音真诚地说：“小姐，您的身材真美。”她也只会认为那是对方因为她不够漂亮而转变角度的恭维。

但实际上，在这个夏夜里，当她坐在汽车的前座时，一群年轻人站在偏僻的乡村街道上，确实是向她投去爱慕的目光。她对衣服的样式和颜色有着非凡的鉴别力，这让很多人惊异于她总能穿着得体又漂亮的衣裙。那耀眼的红色的头发像燃烧的火焰一般，展现着被深深压抑的女性魅力。

思考过后，亚尔维特忍不住又朝这个脾气平和的姑娘瞥了一眼。塞尔玛还是在直视前方，好像在用她的目光驾驶着汽车。

他们来到了一个铁路交叉口，从车窗向外望去，只见隆起的山脊上是小镇模糊的轮廓。在暮色中，许多弯弯曲曲的街道和数百所房屋形成了一幅和谐的画面，与延伸在两旁的湖泊和后面矗立着的工厂烟囱融为一体，而他们即将抵达的目的地，便隐藏在那茂密松林的后面。

“我想知道是不是真的有订婚派对。海纳森有时会乱找借口，只是为了好玩儿。说不定他只是想带我们出去兜兜风，找点儿乐子。”

亚尔维特说着，眼睛一直直视着前方。在这个城市的郊区，他那辆漂亮的汽车引起了人们的注意。几个出租车司机懒洋洋地坐着，看着他们的车驶过，纷纷议论起来。

“我要是有一辆这样气派的小车，我就什么都不抱怨了。”

“然后你怎么养活它？光是油费就比你赚得还多了。”

幸好亚尔维特的怀疑并未成真。海纳森说：“就在山脊上的某个地方，我一定会找到的。”现在他在前面开车，一边驾驶，一边和赫尔卡说笑，时不时还哈哈大笑，谈话内容显然非常有趣。但他没忘记自己要去哪里，车仍然开得很稳。汽车先是在一条铺着鹅卵石的街道上颠簸着前进，然后毫不犹豫地右拐，最后来到了山脊那条美丽的小路上。在两边的松树之间，可以看到一片夜蓝色的湖水。这时，后面车里的两个人已经很清楚海纳森说的“订婚派对”在哪里了。

他们的车经过了一两个被人精心照料的市场花园，开到一条普通的公路上，一直行驶到一个平坦、阴凉的大院里，拐角处有好几辆车并排停放着。一段塌陷的石阶通往上面的平台，又有几级木台阶通往前厅。那儿几乎长满了灌木，茂盛的荨麻、酢浆草，以及在肥沃的土壤里能生长的一切植物。他们向上看去，门口还有个绑着金辫的门卫。

海纳森嘲笑亚尔维特的车是“拖车”，当“拖车”开过来的时候，海纳森和赫尔卡已经等了有一会儿了，不过亚尔维特不理会他，他小心翼翼地将车停稳。

“这的确是一个订婚派对，亚尔维特，”赫尔卡喊道，“不过是谁的还有待观察。”

但亚尔维特正忙着把他的车整齐地停在另一辆车旁边，并没有回应她。从房子里传来了音乐声，而在上面的前厅，还传来了热烈的讨论声，那是一场有趣的争吵——餐厅员工伴随着舞蹈音乐在拌嘴。

新来的客人受到了很有礼貌的接待。主人亲自走上前来，热情地低声说，游廊尽头的玻璃圆桌刚刚空了出来，问他们是否愿意坐在那里。由于迫切地希望为宾客效劳，他的眉头和脖子都皱了起来。当然，他们十分乐意找个地方坐下来，好好地将这里观察一番。

他们走到窗边俯瞰脚下的风景，先前开车穿越的一片片森林此刻尽收眼底，树梢还没有他们站的地方高。在松树的后面，他们又看到了刚才从山脊顶上瞥见的那片朦胧的广阔湖泊，湖水在松树之间闪着微光。有人在湖上划船，偶尔还有一艘摩托艇匆匆驶过——它的疾驰声没有传到这片由玻璃围成的游廊里，只在水面留下了一条条波纹。那是一些趁着休息日外出游玩的人，此刻他们一边享受着夏夜的宁静，一边朝着家的方向划去。他们都有自己的安排，有些人今晚将继续狂欢。等到明天太阳升起，工厂的机器开始运转，商店和办公室又要开始营业。但至少此刻，船上的人还有时间凝视着熟悉的岸边，想象着群山的另一边会是什么样子。或许有人会从湖边餐厅的高处俯视这一片洒满月光的大湖，想象一下坐在船上的人们的感受。

他们就这样坐了下来，准备好好地玩一晚上，他们的精力是如此充沛，丝毫不担心第二天的工作。

第二十六章

艺术家一直在湖上慢慢地划船，直到夜晚的凉意悄然侵袭他的脸颊和手腕，才打断了他轻哼的歌声，他意识到是时候回家了。

当夜幕降临，艺术家在妻子和孩子们都入睡之后，通常会带着孩子般的好心情回家——除非有什么事令他勃然大怒。当白昼变为黑夜时，那些白日里所引起的骚动也就平息了，毕竟夜是一个古老的词汇，无论作为什么概念都是神圣的，睡眠也是神圣的。梦境保护着沉睡的人，各种善良的和邪恶的灵魂、美丽的和丑陋的躯体，都在梦境中归于平静；而在白天，他们又因尔虞我诈而不得不彼此戒备。

但艺术家的家并非如其他人认为的那般宁静，他的家里可能有各种各样的需要、苦恼和忧虑，让人无法入眠，这大概就是他这么晚还在外面四处游荡的原因。但他知道，这里是自己的家，是他的妻子和孩子的家，他是幸福的，孩子的母亲和母亲的孩子，都在这里。

当艺术家走进农场时，没有人发觉，毕竟这时已经很晚了。他看见了自己租下的那间小屋，想起了自己成为它的房客前的可怕凶案：被许多人憎恨的老两口正是在那间房子里惨遭毒手。透着森森寒意的玻璃窗似乎也在告诉他，如果它能说话，它定要绘声绘色地讲述那桩凶杀案。

门是反锁着的，他不得不敲门，过了一段时间才有人来开。门开了，他看见一个穿着睡衣的女人的背影，那是他的妻子。艺术家注意到她的脚步声特别有规律。她穿着拖鞋，每一步都发出咔嗒咔嗒的声音。妻子打开门后没有招呼他，而是睡眼惺忪地回到床上，一动不动，很快又陷入梦乡。显然她听到敲门声时就是这样的睡姿，她身旁的孩子们正安静地睡着。

艺术家仍然没有睡意，他并不急于上床睡觉。他走到窗前，使劲地望着外面，想找点儿夜色之外的东西看。一只白色的小蝴蝶在小路附近扑扇着翅膀，也许他的到来把它吓了一跳。它的飞行是如此认真，似乎完全不知道自己在做无用功……在玻璃窗的外面，还有另一种节肢动物。它静止不动，仿佛石化了一百年。那是一只奇怪的昆虫，有着令人难以置信的长腿，在关节处大幅弯曲，而它长长的口器就像细长身体的延续，翅膀即使在休息时也是展开的。这只昆虫是如此的安静，以至于艺术家可以在月色的映照下研究它翅膀的脉络，思考为什么翅膀会演化成那样，以及这种生物可能会如何使用它们。月亮银白的光辉在它的翅膀上闪烁，那光辉时而很近，时而又显得遥远，仿佛是从天堂透下的一般，又像冬夜照在雪地上的月光，寒冷而明亮。

“你去画希尔佳的哺乳图了？”妻子含含糊糊的声音从床上传过来，带了点儿嘲讽。

艺术家似乎还在观察那只昆虫的轮廓，实际上他的视线并未聚焦任何一点，他只是在那里多站了一会儿。他转过身来，平静地看着房间。孩子们的衣服放在椅子上，有些堆在地板上，有些破了洞，有些被焦油弄脏了。夏夜很温暖，孩子们都在睡觉，把被子踢得乱七八糟。其中一个孩子的屁股被蚊子叮了，他无意识地挠出了血。他默默地看着这一切，内心仿佛被什么触动了一下。妻子刚才说的话，也像被随意地扔在椅子上的一件衣服一样，他毫无察觉。他走进另一个房间，打开一扇窗户。夜更深了，他觉得自己从外面回来后已经在家度过了很长一段时间，又想出去走走。

他像小偷一样鬼鬼祟祟地溜了出去，拐过街角，害怕被妻子追上。他走到通往小山的小路上，顺着它往上走，脸上带着一种近乎狂喜的表情。

第二十七章

夜渐渐深了，泰里兰达老爷还在等他的妻子回家。他一点儿也不担心妻子的安危，但也不准备去睡觉。他确信在她身上不会发生什么不好的事，延误一定是由于某种外部因素。但是她已经离开了很长时间，如果只是为了帮助一头奶牛，这时间确实太长了。他来回踱步，焦急地等待着。在等待的过程中，他突然想到，这种等待有多么浪漫，因为他很少需要这样做。他通常会躺在床上，想着她需要多久检查完各个房间后回到卧室陪他。即使在卧室里，她也会走到窗前，透过窗帘的空隙察看一番后再上床睡觉。她就是这样一个谨慎又贤惠的女人。

泰里兰达老爷心里充满了一种强烈的、男子汉的幸福感。他是一个精力充沛、身体健康的人，人生中也不曾经历过大的波折。他的妻子也一样，在她丈夫的眼里，即使过去了二十年，她的青春活力，她那坦率、阳光的性格，都未有分毫改变。

月亮已经落下去了，他还在等待着。

突然，电话铃响了，会是谁呢？十有八九是那些年轻人从城里打来的恶作剧电话吧。

泰里兰达老爷拿起电话，听出说话人的是村医的女仆。她说得不是十分清晰，但他从她磕磕巴巴、毫无逻辑的叙述中拼凑出这样的结果：几个木筏工起了冲突，其中一个人被捅了一刀，医生正在附近寻找伤者——如果他还没死。

“我知道了，还有其他事吗？”

“对不起，先生，他还得去一趟湖对面的贾尔马里家……应该是这么念吧？那个农夫找不到接生婆，而且——”

“我懂了，我会在这里拦住医生，把他送到湖对岸的贾尔马里家。”

泰里兰达老爷挂断电话，面露喜色，他现在一点儿也不慌张了，而且他也准备去帮人做点儿好事。他的母亲，赫尔卡的外祖母，穿着睡衣出现在她房子的台阶上，焦虑地问电话是谁打来的，而泰里兰达老爷只是说：

“现在去睡觉吧，明天早上您就知道了。”

第二十八章

没有接到接生婆的贾尔马里一路上不断催促着早已疲惫的马狂奔，他自己也不知道过了多久，终于来到了医生的家。他从未想过要按办公室的门铃，而是按照父亲传下来的方式，绕到后面的台阶，敲了敲厨房的门。夜很静，贾尔马里听到里面传来窃窃私语，但他的敲门声并未引起屋里人的注意。他意识到里面不只有女仆，所以他赶紧又重重地敲了敲门。不一会儿，里面的谈话声停下了，只见一个女仆朝着门这边走来，她透过门缝对贾尔马里说：

“医生不在，他去给一个被捅伤的家伙包扎了，我觉得那家伙应该已经死了，但医生还是去了。”

贾尔马里越来越清楚他今晚的努力都是徒劳的，但他激动的心情却难以平复。他深吸了几口气，尽量使自己平静下来，随后开始对女仆解释自己焦急地寻找医生的原因：“我的妻子，今天突然要生了……接生婆去了另外一个地方，我实在没办法了，只能来找医生……现在怎么办，我的妻子还在家里等着我呢……”他越说越激动，声音都止不住地颤抖了，站在附近的马也筋疲力尽地喷着鼻息。

这种诉苦并不徒劳，因为这个女仆是在村子里长大的，已经为这个医生服务了好几年，她对这种情况十分有经验，因此立刻对这件事下了决断。

“从泰里兰达家能划船到你家吗？”

“可以，我们经常这样做，只是今天船……”

“听好，我给泰里兰达家打电话，让他在医生回来时拦住他，把他带到你那儿去。当然，生孩子是需要产钳的，医生身上没带，但我可以先给你，不过你一定要记住，你得驾马车去接他，要是错过了就麻烦了。现在，你在这里等着，我去打电话，然后给你准备产钳和乙醚。”

女仆敏捷地处理着各项事务，她的行动中带着一种不容置疑的决断力，每一个细节都处理得井井有条，仿佛是对这片领域了如指掌的指挥官。对于贾尔马里来说，这一系列迅速而有序的操作仿若一曲他仅能旁听的旋律，其中的精妙与急迫他仅能捕捉到模糊的轮廓。在他的脑海中，唯一清晰回响的是对希尔佳的担忧——那个他深深地刻在心上的名字，此刻似乎正徘徊在某个未知而暗藏危机的边缘。他深知，这迫近的不幸，不论其形式如何，都与自己有着千丝万缕的联系，如同有一道无形的锁链，将他与希尔佳的命运紧紧捆绑在一起。这份认知，像夜色中无声蔓延的雾气，既让他感到无力挣脱，又迫使他清醒地直面自己的角色：是旁观者，也可能是那引发风暴的不安因素。在这样的自我反省中，贾尔马里体味到了前所未有的责任感与苦涩。

就在这时，从厨房的门里走出了两个满脸不爽的青年——就是刚才在屋里跟女仆窃窃私语的人。显然，他们是来找女仆玩的，但是现在他们的计划都被贾尔马里打断了，因此不得不离开，再去寻找其他可以消遣的地方。经过贾尔马里身边的时候，他们还大声嘲笑了他一番。

女仆在里面待了很长一段时间，最后她带着一个小提包出来了，她一面把这个小提包递给那个面无血色的男人，一面重复着她的警告：

“泰里兰达老爷答应会在路边拦住医生，现在你快去吧。”

于是，贾尔马里又沿着公路出发了，这次带着那个神秘的小提包——它像一个幽灵一样蹲在马车底部。他觉得那里装着希尔佳的命运，他必须把它带在身边，把它送到医生的手里去。他深深地意识到，今天晚上，除了他自己的力量，还有别的力量在推着他、拉着他。从他试图抓住那匹桀骜不驯的马时，他就知道了这一点——他追逐着希尔佳的命运，尽管他疲惫不堪，但他还是要坚持下去。

第二十九章

农场上的一切都在沉睡，连月亮似乎也打起了瞌睡，突然有三个人匆匆走过。

萨洛宁、马蒂和海诺宁一起到科尔萨尼的农场去打电话请医生，脚步声惊醒了农场里的人，他们本来可以好好睡一觉，第二天还有一大堆晒干草的活儿等着他们呢。

萨洛宁还处在极度兴奋、甚至有些癫狂的状态中，就像他刚意识到自己犯了谋杀罪时那样。单纯的马蒂在他身边沉重地走着，他看向萨洛宁的眼神里除了敬仰，更多的则是恐惧。他是萨洛宁最好的朋友，但此时的萨洛宁显得很可怕，他的眼睛里闪烁着一种奇怪的光芒。他说话语无伦次，不时哼着曲子，即使他碍于晚上，不得不压低自己的声音，收敛自己的行为，但他眼中的那种癫狂和轻蔑让人倍感压力。

“如果我确实杀了人，那我真是倒霉透顶了——我不知道我老家那条诺基亚河到底有没有得到神的庇佑，我母亲第一次用河水清洗她那没用的儿子就是在那里啊……但是你看，马蒂，是他先挑衅我的，所以是他的错，不是我的……那个该死的工头不让任何人请医生，他以为自己是谁，那个独臂浑蛋……可是医生一定得来，他肯定会处理好的……哦，亲爱的妈妈，是您生了我，您的儿子……”

他这样语无伦次地讲了一会儿，又唱了起来：“在这个世界上，我只不过是一个奴隶，忍受贫困和痛苦……”他激烈地唱着，声嘶力竭地嘶吼着：“马蒂，你见过有人被刺伤后直接摔倒死去吗？”

“我还没见过哪个人倒得那么干脆！但我确实见过一个瓦蒂赛特的农民捅了一个不速之客，那个人的左臂上只有一条长长的伤口，但他还是像一头被卡住的猪一样流血，脸色苍白，医生说如果他晚来十分钟，就根本不需要医生了——瓦蒂塞特的农场主就是个暴脾气！我还记得有一次——”

“让瓦蒂赛特和农夫见鬼去吧——”萨洛宁大喊着，“我们现在要去折磨科尔萨尼的那个老家伙了。嘿！有人在家吗？两个杀人强盗来了！（这些话后来在审判中也作为了证据，警察局局长对此高度重视）”

科尔萨尼农夫是个老派人，又矮又瘦，长着一个鹰钩鼻，头发总是仔细地分开。尽管路途遥远，他还是每个礼拜都去教堂，他的妻子也是这样。即使在白天，他们安宁的家庭也很少受到打扰。他们就这样日复一日，年复一年，日出而作，日落而息，安然地享受自己祥和宁静的生活。尽管生活总有些许不如意的地方，但是他们都能够坦然面对。他们把一切幸福和苦难都视为上帝的安排，这个观念早已在农夫心中根深蒂固了。

“我不会让任何杀人犯进来的。”当他们试图闯进来的时候，农夫阻止了他们。他年纪大了，身体变得瘦弱，但态度颇为强硬。

“不，我们一定得进去，我们需要电话，我们还需要一匹马以便能请到医生。”说着，萨洛宁想从农夫身边挤过去，但老人勇敢地抓住了他的胳膊，哽咽地说：

“我说——你不要——进来——就这样。你可以在这儿——想说什么就说什么。”

奇怪的是，年轻力壮的萨洛宁竟被他拦在了门外。其他人穿着靴子站在门口，没有动粗。

“可是，你不知道那儿有一个人需要医生吗？他把我弄得晕头转向，我还没反应过来，就用刀捅死了他。就算走遍芬兰，我也要找到医生！”

“别大吵大嚷，这里还有一位老太太在睡觉呢。”

“请原谅！”在马蒂的眼中，萨洛宁是一个神奇的人，现在依然如此。听到这话，萨洛宁立刻鞠躬道歉，“和平与荣誉永远属于女性。对不起，我不知道，但是你也得明白我的处境，我没工夫浪费口舌了。请给我一匹马，要是你愿意，我还可以先付钱给你。”他开始摸他的钱包。“但你最好先打个电话给医生，看看他在不在家，告诉他我付他钱，没有钱的话，他肯定不会出门的。”

老人叹了口气：“好吧，安静地待在那儿，我去打电话。”

第三十章

希尔佳状况良好，神志清醒，她此刻的确忍受着巨大的痛苦，肚子里的孩子在不停地折磨她，汗水已经将她的衣衫都浸湿了。泰里兰达太太判断出孩子马上就会来到这个世界上，而那个磨磨蹭蹭的贾尔马里还没有把接生婆请来。

眼看着希尔佳的阵痛越来越频繁，泰里兰达太太决定尝试亲自帮她接生。她让希尔佳的长女去找阿尔维娜，毕竟多一个有经验的帮手就多一分希望。时间已经很晚了，她的婆婆和丈夫肯定也在担心她，可是她不能走，她必须看到希尔佳平安生下孩子才能安心。

希尔佳静静地躺在旧式雕花木床上，身体因剧痛而紧绷，仿佛被钉在了那里。每当痛楚如潮水般袭来时，她只能死死攥住床柱，指尖用力之大，几乎要在木头上留下自己的绝望。汗水在她的额头上汇聚成珠，随后滑落，融入枕头的纤维之中，似乎在无声地诉说着她的坚韧与不易。

与此同时，泰里兰达太太展现出临危不乱的沉稳，她毫不犹豫地卷起了袖子，步伐坚定地迈向厨房，心中只有一个念头——准备接生所需的一切。来到厨房，她迅速环视四周，确认热水壶是否还冒着热

气，寻找足以充当接生物品的干净盆子，以及其他任何可能派上用场的小物件。她的动作熟练又利落，每一下都透露出多年生活经验累积下的从容。

正当气氛紧张至极点时，希尔佳的痛楚却奇迹般地缓解下来，她仿佛从一场暴风雨中获得了片刻的喘息。她利用这难得的间隙，努力平复呼吸，将心中的那股慌乱压制下去，开始有条不紊地指点泰里兰达太太，告知每一样必需品的确切位置。她的声音虽然微弱，却异常清晰，透着一股不容忽视的力量与决心。这一刻，两位女性之间建立起了一种无言的默契与支持，共同迎接着即将降临的新生命。

“哪里有合适的线？”

“在厨房碗橱的最上面一层架子上,那里能找到些缝纫用的棉线。”

“那剪刀呢？”

“剪刀在那儿……”

希尔佳已经精疲力竭了，只能指着窗边的门框，上面钉着的长钉上挂着一把很结实的剪刀。它是希尔佳已故的父亲做的，对于女儿来说，在这种场合就应该使用它，而不是用那种花钱买来的工厂货，希尔佳近乎迷信地认为父亲留给她的这把剪刀能给她带来好运。泰里兰达太太把一切都准备好了，她甚至找到了一瓶消毒洗手液。她卷起袖子，说道：

“你最好现在脱衣服，亲爱的，我们总有办法自己接生。”她不知不觉地同希尔佳亲密地说话，就像和她的姐妹一样亲热。此时此刻，两个女人的心紧紧相偎，没有任何芥蒂。

希尔佳一边脱衣服，一边抱怨：

“贾尔马里到底去哪里了，怎么还没回来！”

就在这时，那个被派去找阿尔维娜的女儿冲了进来，满脸焦虑，毕竟她已经足够年长，懂得母亲正在面临分娩的危险。

“阿尔维娜去参加村里的布道会了，她要在那儿过夜，明天才回来。”

那孩子几乎要哭了。

“哦，天哪，谁来帮帮我，我的牛还病着。”希尔佳伤心得几乎要落泪了。

“都到这个时候了，你还有心思管你的奶牛……现在你和孩子的平安才是最要紧的。而且那头奶牛现在已经没什么大碍了。”泰里兰达太太叹了口气，随后转头对小女孩说，“好了，小姑娘，去照顾那头奶牛吧。”

生孩子毕竟是一件十分凶险的事情，她不能让自己分心，所以只能先把小女孩打发走。现在，她能做的就是尽自己最大的努力帮助希尔佳顺利分娩。

第三十一章

在这间充满温馨氛围的餐馆里，四位年轻的朋友正享受着一段珍贵而欢乐的相聚时光。亚尔维特与赫尔卡，这对灵魂似乎早已交织在一起的伴侣，他们的笑声与低语在空气中轻轻荡漾；海纳森与塞尔玛，同样情深意浓，彼此的目光中闪烁着只有对方才能解读的秘密。晚餐的美味虽已成回忆，但桌上那几杯红酒，宛如一朵朵在暮色中绽放的高贵红玫瑰，为这夜晚增添了几分浪漫与雅致。

随着轻柔的音乐声响起，餐馆的一角变成了舞池，灯光变得柔和而迷离，邀请着每一个人投入这轻盈的律动。亚尔维特与赫尔卡坐在餐桌旁，那条通往舞池的昏暗过道自然成了他们私密谈话的天然屏障。

这幽暗的过道为餐桌边的情侣们提供了一个微妙的信号系统——远处舞者的归来，如同夜空中最温柔的星光，提醒着他们或继续绵绵细语，或适时中断，以免被打扰。这样的安排，赋予了他们一种特别的自由与默契，让他们能够在享受群体欢愉的同时，也不失独处的甜蜜与私密。在这样一个被星光与红酒浸染的夜晚，每一个微笑、每一次眼神交流，都成为了他们心中永恒的记忆篇章。

赫尔卡此刻和亚尔维特相对而坐，她觉得这情境似曾相识，仿佛回到了首都春天里的那个傍晚。她想起了昨天晚上在客厅里发生的事情，他们在夜色下长谈，一直到黎明将至才回去休息——后来还因此被祖母抱怨了一句。还有今天……他们似乎在很短的时间内一起经历了很多事情，一切都是如此自然而然地发生了。直到现在，塞尔玛和海纳森去跳舞了，只留下她和亚尔维特两个人单独相处。她第一次感到害羞。亚尔维特什么也没说，他只是抿了一口酒，把杯子轻轻地放在桌子上。赫尔卡又看了一眼湖面，她似乎在注视着那最后几艘徘徊的船，但她的目光显得有些不安，她努力地找了些话题聊天，试图平复内心的思绪。

过了一会儿，她主动起身对亚尔维特说："要不我们一起去跳舞吧？"当他们走向舞池的时候，她挽住了亚尔维特的胳膊。她的舞步十分青涩，跟上节拍并不容易，但亚尔维特只觉得她无论做什么都可爱。

海纳森和塞尔玛在舞池里跳得很开心。海纳森戴着一顶色彩鲜艳的节庆纸帽，其他几个人也是如此。就连他们头顶上的灯都用五颜六色的纸灯罩包裹了起来。每当萨克斯演奏者吹完一曲，他都会将身边的彩带撒向舞池里的男男女女。餐馆前的树枝上挂满了彩色纸灯笼，难道夜晚变得更长了吗？不，夜晚不会变长，但是老板的确想让他的客人在这里尽情享受，让气氛变得更加热闹。

音乐结束后，海纳森和塞尔玛也算跳了个尽兴，他们走到了门外。此时里面的客人们正一边鼓掌，一边大声呼喊着："再来一曲！再来一曲！"海纳森看着这热闹的场面，又来了兴致，拉着塞尔玛返回舞池又跳了一会儿。最后，他们终于走了出来，脚步飞快地朝着早已离场的赫尔卡和亚尔维特走去。

“两位，你们在这里多没劲，我有几个朋友也在大厅里，咱们可以一起过去欢笑嬉闹，反正你俩独处的时间多的是。”

赫尔卡的脸颊在友人的调侃下染上了淡淡的红晕，这羞赧的色彩在红酒的映衬下更显迷人。她轻抿了一口杯中的红酒，那份醇香似乎也添了几分羞涩的甜蜜，让她不禁心跳加速，眼神闪烁，一时间竟不知该如何回应。就在这时，亚尔维特看出了她的尴尬，他温柔地站起身，向她伸出手，那动作里满是保护与理解。赫尔卡感激地望向他，随即把手放在他的掌心，任由他引领着走出这让人略感不适的氛围。

室外，夜色已深，月亮已悄悄隐入了山的另一边，留下一片宁静而神秘的黑暗。星星在天幕上闪烁，仿佛是特意为这对恋人点亮的灯火。

第三十二章

科尔萨尼虽然是一个老农夫，但向来一诺千金。他不肯把他的马交给萨洛宁这样癫狂的人，而是去找了马夫，并且告诉萨洛宁，医生已经答应前来。他又打电话给警察局局长，局长答应派一名警察骑摩托车来调查这件事。

萨洛宁和他的同伴们跟着去接医生的马车一同离开了，他极度兴奋地跳上车，坐到了车夫身边，随后高兴地招呼他的两个朋友爬上去坐在他腿上，仿佛他们要去参加一个展览会一般。于是，那个瘦骨嶙峋、鹰钩鼻子的老农，又像刚才一样厉声说：

“快下来，不然马车就不走了——我可不允许你们在这里撒野！”

他的妻子出现在他身后，穿着睡袍，踉踉跄跄，面色干枯灰白，一脸痛苦和愤怒地说：

“我们到底造了什么孽，一把年纪了还要被你们搅得不得安生！”

萨洛宁听后，跳下车，诚心诚意地鞠了一躬说：

“对不起，夫人，我们只到大路那边，不会在车上待太久的，可是您先生的心胸有点儿狭窄。嘿！老先生，车费是多少？我想我的破衣烂衫里还有几个钱。”他做了个手势，开始翻找钱包。

“赶紧滚！快滚开！曼纳会去请医生的！”科尔萨尼“砰”的一声关上门，但他马上就后悔了，因为关门的巨响声把他的老伴吓了一跳。

他从窗口望着那些人离去。他们真的走了，一边走还一边兴奋地谈论着什么，似乎把农场忘得一干二净。最小的那个从口袋里掏出了一个像酒瓶一样的东西开始往嘴里灌。老农感到厌恶和不安，他一夜都没合眼。日出之前，清新的空气钻进了屋子里，老人起身走到窗子边，想着即将到来的大晴天，郁闷的心情稍微平复了一点儿。黎明将至，农场里一头母牛站起身来，旁边的小牛也跟着站起来，摆动着自己的耳朵。角落的蜘蛛网清晰可见，滴滴露水像珍珠一样挂在上面。老人走了出去。总之，他是无法入眠了。

清晨的露水很重，老人穿着睡裤站在那里立刻就感觉到了。老人已经习惯了清晨的宁静，但是那些已经离开的年轻人聒噪的声音似乎依旧回荡在耳畔。在更远的地方，警察的摩托车发出刺耳的声音。那人是从哪里来的？他还很年轻。农夫心里想着的就是这些，他还看到了马厩墙上那熟悉的挂马项圈的木钉、果园里的苹果树、客厅窗户边角落里生长的艾草和独活草……这所有的一切构成了他的农场，亦是他的堡垒，这些流氓根本无法真正扰乱农场的安宁。现在是晒干草的时候，他已经通知了雇工，过不了多久他们就会来了。

萨洛宁不知道他那天傍晚居然还有喝剩的酒，明明那天他只是在村子里无所事事地晃悠，像个绅士一样和遇到的小姐打招呼。然而，在那之后，他就遇到了与犹卡有关的那件糟糕透顶的事情……萨洛宁把酒瓶递给马蒂，示意他也喝一些。

“喝吧，孩子，喝吧！我们喝酒的日子很快就到头了！”

“但他们可不会把我关起来！”马蒂惊慌地说。

“哦，是的，他们会把你也关进去的。他们看到了我们在一起。”萨洛宁宣布，“当我跳下船的时候，你对我喊，让他好好地享受死亡吧。”

“我说过吗？”马蒂开始感到害怕。尽管这句话出自萨洛宁，但他的直觉告诉他，这可能会让他陷入困境。警察和警察局局长对这样的话语永远不会有友善的看法：如果马蒂·波勒麦基真的喊出了那样的话，那也仅仅是不理智的信口胡言，因为萨洛宁是一个身手敏捷的人，他总是情不自禁地钦佩他，为他呐喊。但那又怎么样？他们一定会给他加上某种罪名的。然而，马蒂却一点儿也不记得自己喊过这样的话。他非常坚定地对他的伙伴们申明了这一点。

“你确实叫了一声，伙计——别抵赖了！”萨洛宁望着前方说。

萨洛宁的这句话让马蒂陷入了绝望，他突然觉得这个被他崇拜的人从来没有对他有过什么兄弟情谊。即便是现在，他想的依旧是拖自己下水，让自己和他一起坐牢！马蒂原本就喝了一些酒，现在他完全没办法控制自己的情绪。他几乎要哭了。如果他也被关进监狱，那么他的妻子和孩子们会怎么样呢？不对，她还不算是妻子，因为他们甚至没来得及结婚呀！在他坐牢期间，她很有可能跟着别的男人离开。

“再喝一大口！”

萨洛宁把酒瓶递了过去，但又马上把它抢了回来，因为他看到骑着摩托车的警察从远处过来了，大概是马蒂刚刚大口喝酒的样子被警察看见了。如果警察过来，这酒就再也喝不到了。

果然，警察把酒瓶从萨洛宁嘴里夺了过来。虽然他不认识这些人，但他们都是从农夫科尔萨尼家的方向来的，而且那个农夫已经报案了，所以没有什么可怀疑的。

“喂，孩子们，尸体在哪儿？”

“那不一定是尸体——到底是谁说他在医生来之前就死了？医生就快到了！不管怎么说，我负担得起医药费。喂，警官，您能不能再给我喝一口酒？您也可以喝一点儿。”

警察没有理会他的话，而是开始问几个问题：

“你和死者有过节吗？以前是否因为喝酒或赌博发生过争吵？”警官向马蒂询问似的瞥了一眼，马蒂急忙回答说：

“是的，曾经有过类似的事情——他们曾经因为玩牌而闹翻，而犹卡，他是个惹麻烦的家伙。我记得有一次——”

“你真是我的好兄弟，居然把一切都告诉了警察。”萨洛宁好像在自言自语，“是你大声叫我让他好好享受死亡吧。你可真是我的好兄弟！”

“我从来没有喊过这样的话！”马蒂一边着急地辩解，一边小心翼翼地跟在警察身边。

“好吧，我们会弄清事情的前因后果的。”警察说。在这个过程中，他仔细地打量着那些人，注意着他们的身材、外貌和衣着的每一个细节。他是一个皮肤黝黑、蓄着卷曲胡须的男人。因为他还没有看到那具尸体——事实上，报案人没有说过任何关于尸体的事，只说了有人被刺伤。他们继续往前走，警察推着他的重型摩托车。马蒂抓住另一边的车把，和他一起推，警察没有表示反对。

他们离犯罪现场还有两公里远。等他们终于走上了大路，警官把他的车停在了路边的灌木丛里。他们继续朝前走去，没过多久，就看到了农场。在农场后面的麦田里还能隐约看见有几个人，他们围在那里——是的，工头和另外两个木筏工人还在那儿等着，眼睛一直盯着前方。他们显然注意到了走过来的那一小群人。

萨洛宁这个时候似乎才真正意识到犹卡确实已经被他杀死了。他脸色变得铁青，整个人也变得僵硬起来，他的脚步不自觉地放缓了。警察也敏锐地察觉到了他的反常，他的眼睛死死地盯着萨洛宁，显然他已经开始对他有所防备了。他们越走越近……萨洛宁和马蒂已经能看到躺在草地上的那个熟悉的身影了，就像他们在木筏小屋的铺位上无数次看到的那样，那个人曾经躺在那里打鼾，但此刻的他一动不动。他们越走越近……萨洛宁发现自己再也讲不出话了，马蒂和海诺宁也一言不发。

萨洛宁没有再说医生的事，他脸色苍白，疲惫不堪，口渴难耐。可是这里除了湖水，什么也没有。当他想动身到岸边大口大口地喝点儿湖水时，警察一把抓住他的手腕，用一种完全不同于刚才的声音咆哮道：

“哦，不——你给我老老实实待在这儿！”警察又看向其他木筏工，“他就是那个杀人犯，对吧？”

“没错，就是他。”那些人坚定地说。这是不能否认的，尽管这个人是他们朝夕相处的兄弟。

“我可以去喝点儿水解渴吧？”萨洛宁说。他的声音也不同了，听起来充满了压抑的痛苦和愤怒。

“你很快就能尝到水的滋味了。”警察回答说。还没等萨洛宁做出反应，他的手腕已经被戴上了手铐。

警察没再看萨洛宁一眼，又问道：

“那么这个人呢？他是不是喊了一声，怂恿了别人？”

“我什么也没喊——是于尔约搞错了。”马蒂无意中叫出了萨洛宁的教名，他平时从来不会这样称呼他。

“噪声太大，我不能肯定他是不是喊了。”萨洛宁突然说了一句。

“既然是这样，那就说明他是有嫌疑的。”警察一边说，一边解开萨洛宁左手上的手铐，扣在马蒂·波勒麦基的左手上，“看样子你们俩应该是好兄弟吧，你们现在可以好好在一起待一段时间了。”

那个骨架粗大、皮肤粗糙的农夫犹卡依旧一动不动地躺在他倒下的草地上。他就在那儿，不管你怎么盯着他看，他都一动不动。那双硬得像石头一样的鞋子，此时仍套在他的脚上，鞋子还是湿的。粗糙的衣服像以前一样垂着、皱着，他的马在木筏上，妻子和孩子们在家里，而他就这么抛下了一切，去了另一个世界。

第三十三章

没错，犹卡的妻子和孩子们在家里，但他们不知道，他们的生活此时已不像往常那样了。每个星期六，萨朵拉都会做一些特殊的事情。

萨朵拉受农场主的委托帮他做了一个星期的啤酒。做啤酒的所有原料都是从当地农民那里买的，萨朵拉把所有的原料处理好后就封在酒桶里任其发酵。一个星期过去了，农场主邀请了他的朋友们一起来品尝美酒。萨朵拉从来没有见过他的这些朋友，不过其中有一位她认识，他是小镇上那座教堂里的牧师，很喜欢摆架子。

起初，他们坐在外面门廊上的长凳上，一边喝酒，一边谈天说地，享受着这个美妙的夜晚。说着说着，就有人带着调侃的语气问萨朵拉能不能在她家洗热水澡。萨朵拉很生气，不过她还是忍下了怒气，说道：

"这里没有这么多热水，但冲凉的话还是勉强够的。"

孩子们到了上床睡觉的时间就跑回屋子，径直去睡觉了。萨朵拉仍然不时地朝路上瞥一眼。她隐隐地感到着急和不安，从她的眼神中明显可以看出她是在等丈夫回来，但她又觉得自己的这份等待很讽刺。

“他今天不会回来了。”农场主突然开口说。

“这你可说不准。”萨朵拉说着，眼睛并没有离开道路，她的眼睛传达出了太多的东西。那些人从萨朵拉的眼神和纠结的表情里看出她好像也没有很期待丈夫回来。在男人们的怂恿下，她也象征性地喝了点儿淡啤酒。

夜色渐深，客人们也看倦了这夜色。尽管有美味的啤酒助兴，但他们都觉得这样干坐在外面实在没什么意思。于是他们走进了昏暗的屋子里。萨朵拉先一步进了屋，麻利地拉开破旧的窗帘，收拾了床铺，让他们有坐的地方。尽管这间农舍简陋至极，但萨朵拉还是迅速地整理了一下，让它看起来尽量体面些。床边有几把椅子和一只箱子，啤酒可以放在箱子上。

星期六晚上，安息日的前夜。那些客人一边在屋子里吞云吐雾，一边谈论着外界的各种新鲜事，那都是萨朵拉从来没听到过的，至少在这间破败不堪的农舍里从来没有人会跟她讲这些事情。

萨朵拉给那些男人们倒了一大桶啤酒——这样她就有时间在他们不注意的情况下去洗热水澡了。

那天晚上只有她一个人在洗桑拿浴，这感觉真是太奇妙了，因为以往的这个时候，犹卡都会回来。虽然萨朵拉是头一次度过犹卡不在家的周六晚上，但是她觉得这奇妙的感觉也很有意思。虽然没人陪伴，但她并不难过。她坐在昏暗浴室的木凳上，听着凉水落到滚烫的石头上滋滋作响，随后看到一阵水汽蒸腾起来。萨朵拉陷入沉思，她开始真正走进自己的内心，好像照镜子一样直视自己。

当石头不再发出声音时，她的思绪也回到了现实中，于是她用力地用桦树鞭抽打着自己。其实也没什么，虽然犹卡不在家，但来这里的几个客人也只是想喝点儿啤酒，她自己应付得过来。

沐浴完毕，萨朵拉走到浴室外的走廊里吹着夜风。她抬头欣赏着醉人的夜色，突然，内心涌起了一股莫名的不安。尽管附近的农庄里亮着灯光，她也知道她没什么可害怕的，没有人会向她扔石头——至多只有一两个当地人会不待见她。虽然犹卡不在家，但也没有人会因为她和几个男人待在一起就风言风语。这个想法让萨朵拉觉得有点儿好笑。

那些男人还坐在那里，喝着啤酒，没完没了地说着那些奇闻逸事。萨朵拉又陷入了思索中，她这样招待酒客，最糟糕的情况不过是农场主的太太可能会听到风声——萨朵拉仍然把以前的农场主当作主人和女主人。那又能怎么样呢？好吧，让她来吧，萨朵拉觉得已经准备好站起来反抗太太了。被主人知道又能怎么样呢？萨朵拉准备换好衣服回房间去。

她先把胳膊和头套进衣服里，然后两臂伸直，把手套进了袖子里。就在这时，农场主透过窗户，看到了她美丽的身影。然后他敏捷地转向房子的角落，就好像他从来没有注意到桑拿房里的人影一样。

此时已经是深夜了，村子里万籁俱寂，就连来自内心的那微不可察的声音也停止了呢喃。黑夜的寂静让一切变得幽深、意蕴无穷。农场主已经四十多岁了，这么久以来他第一次意识到，在这样一个偏僻的克洛夫特村，夏日的夜晚竟是如此迷人。

客人们不太适应萨朵拉自家酿的啤酒，它容易上头，使他们昏昏欲睡，开始在床上伸懒腰。萨朵拉换好衣服后走进来，看到这一幕，赶紧把农场主叫到外面，对他说："赶紧把他们都送走，他们绝对不可以在这里过夜。"她一边说，一边朝着犹卡回家必经的那条大路不住地张望。农场主看了看她蒸过桑拿后红润的脸颊，按了按她的左臂，点了点头，走了进去。萨朵拉走进客厅，躺在最小的孩子旁边。后面的房间里传来三个人谈话的低语声。过了一会儿，他们都出去了，很快，她听到了他们走出院子的声音。

声音渐渐消失了，但萨朵拉仍然警惕地竖起耳朵——果然，没一会儿，台阶和门廊上又传来了声音。农场主的身影出现在门口，他似乎在寻找什么东西，最后终于找到了——他荒唐地踮着脚尖走了过来，坐在萨朵拉的床边。

"我差点儿忘了给酿酒师工资。"

他摸索着萨朵拉的右手，把两张钞票塞进了她手中，然后握住了她的手。

"还有一些啤酒，不是吗？"农夫捏了捏萨朵拉的手，好像是在问它，而不是她。但是那只手没有回应。

"别生气，萨朵拉。下次我来的时候，还要给你一个收条，证明你已经付清了部分田契的费用，怎么样？"

"行，可是太太会怎么说呢？"

"还有啤酒吗？"他俯下身，靠近萨朵拉的耳朵，他闻到了她头发上桑拿后留下的气味。

“你自己去看看不就知道了。”萨朵拉说，试图把农场主推开，但是她的力气没办法撼动他分毫。农场主的朋友已经等得不耐烦了，结伴出来寻他，只听他们口中不断嘀咕着：“这人到底去哪儿了？怎么去了这么久还没回来？”

她用力推了他一下，他没有反抗，只是用力地捏了捏萨朵拉拿着钱的那只手，算是告别，然后在同伴们找到这里之前溜了出去。

男人们的声音又消失了，屋子里沉寂了一会儿后，公鸡就叫了起来。过了一会儿，墙上的钟敲响了。萨朵拉醒着躺在床上，手里还拿着刚才给她的钞票。犹卡现在不会回来了，也不知道他到底去哪儿了。

萨朵拉有种莫名的预感，犹卡今天肯定也没有在他工作的木筏上过夜。

她又想起了那个还在地窖里的小酒桶，她把最好的酒放在里面。她想起农场主离开时所说的话——那话有些不对劲，带着些危险，但同时又让她感到愉快。

萨朵拉躺在床上胡思乱想时，公鸡又叫了起来。

第三十四章

警察给他们戴上手铐后，便不再管这两个倒霉蛋了，只是时不时高傲地瞥他们一眼，就像猫看着被它咬成残废的老鼠那样。反正他们被铐在一起，肯定没法儿逃脱，因此警察还是允许他们有点儿“自由活动”。他俩都渴了，一起走到湖边，一个用左手，一个用右手舀起温热的湖水咕咕喝起来，警察根本没有理会。警察检查了尸体，毫不犹豫地把他翻过来，犹卡死不瞑目，眼睛直直地望着前面，他的左胸被凝固的血液染成黑色，伤口的具体位置很难分辨。欧芹的叶子和花粘在了凝固的血块上。

“他确实去找了医生。”独臂工头说，脸上仍然带着一种令人捉摸不透的严厉表情。

“现在我们是最好的医生了。我们需要的是一辆马车，这样我们才能把尸体送到太平间。我们还得叫狱警过来，把两个罪犯带走。”

萨洛宁和马蒂此时正从湖边往坡上走，而萨洛宁正在唱歌。他最近看了一出戏，戏里有一首这样的歌——“戴上脚镣吧。”

“没有别的办法，附近没有电话，只有回到科尔萨尼家，给狱警打电话。也许我们也可以从那边的农场弄一匹马来驮尸体。”

“哦，是的，你可以从那儿弄到一匹马，我看到米科在家，刚刚路过的时候，我看见他向窗外偷看。”马蒂一边说，一边用他可以自由活动的右手认真地打着手势。

一个木筏工被派到农场去，说警察需要一匹马把尸体运到村庄去。警察又看了看躺在地上的那个人，此时他的表情和态度越来越有专家范儿了。这不是他第一次和尸体打交道。他前不久甚至还从牛棚后面的粪堆里拖出了一具新生婴儿的尸体。

“一刀穿心，真够准的。”他微笑着说，看了一眼萨洛宁，同时用左手的小指戳了戳伤口，“你完全听从了马蒂的建议。”

“我从来没有给过诺基亚任何建议。”马蒂喊道——他再次想起了自己的恋人，还有其他的亲友。

“或许诺基亚并不这么认为，但这完全取决于你怎么看。”警察回答。

疲惫而沮丧的人们终于意识到新的一天已经到来。犹卡的马在木筏上不住地嘶鸣。

第三十五章

长夜漫漫，拂晓将至，那家漂亮的夏日餐馆前停放的汽车队伍逐渐稀疏了，大家酒足饭饱，尽兴而归。灯光暗淡了，车道像背阴的幽谷一般，阳光还没有照进来，尽管阳光也许已经在山脊那边把湖泊的另一面照亮了。坚硬的砂质路面白得出奇，如同夜的守卫。老树下的窝里，鸡醒了，开始叽叽喳喳地叫着。

饭店的门敞开着，门前那条路通往镇上。有人摘了一朵花，插在他的衣服口袋里。还在饭店逗留的人们絮絮叨叨地说着话，不过声音比晚上小了很多。

“回去时让我开车吧？”塞尔玛对海纳森和他的几个同伴说。

“你拿到驾照了吗？”

塞尔玛瞥了一眼她的手提包，拿出了驾照：“不放心吗？那你们最好都坐到后面去。”

“哦，不，我能不能到前面去放哨？”

“嗨，好啦，别贫嘴啦，我们走吧！再见了，朋友们！”

汽车开动，人们都挥手致意，看着这四个青年男女重新踏上了回家的路。

“我们先回家喝杯咖啡吧。”当车子接近十字路口时，塞尔玛建议道。

“这个主意不错。这个时候，旅馆里除了水龙头里的自来水，什么也没有。”

后面车里的赫尔卡和亚尔维特注意到前车没有按预定计划转弯。塞尔玛他们挥舞着手臂，比画了半天，后车的赫尔卡才看明白，他们这是要回泰里兰达家去。现在的时间是凌晨两点钟，从这里到泰里兰达家要四十多分钟呢。

“可是，我们这个时候去合适吗？”海纳森问道，“这样会打扰到你的家人吧？”

“没关系，我们悄悄地进去，不出声。”

塞尔玛似乎开得很快，亚尔维特则更加谨慎。他说：“别管他们了，我们不必那么急。”

这条路通向西北。右手边是辽阔的平原，它如此平静，预示着一个更加平静、晴朗的夏日早晨即将来临。当城镇中最后一排房屋和花园被抛在身后时，松树覆盖的荒原出现在眼前。车子不知在宁静的荒原驰骋了多久，直到这份宁静被打破的时候，他们到达了一个古朴的小村庄。村子里有一座教堂，进村的大路两边是桦树，从它们粗壮的树干和浓密的枝条来看，这些树已经种下很久了。道路的尽头是一片可媲美宫殿的古老建筑。晨光熹微，这里的一切都尚在熟睡。

他们开车过去，彼此并不交谈，生怕打扰了这份宁静。

车子继续向前开，经过荒野后，出现了更多的黑石楠丛，它们生长在城镇和教区的边界上，大概有十英里长，时不时会出现一两所低矮的房子。陡峭的沙坡上，紫色的野百合在松树的庇护下肆意绽放着。一只离群的松鸡拍打着笨重的翅膀出现在汽车前，然后又突然飞走。前面的汽车已经看不见了。当赫尔卡把她的头轻轻靠在亚尔维特的肩膀上时，他放慢了速度，想停下车。

“别停车。”她用睡意蒙眬的甜美声音低声说，又朝他靠近了些。

第三十六章

贾尔马里的脸上露出茫然而木讷的表情。他时而盯着马屁股，时而盯着他脚下那个医生的包。他已经折腾了大半夜，现在已经不再像以前那样拼命地催马了，这马也已经来来回回跑了一整夜，因此他的声音温和了许多，好像一个四十几岁以耕种为生的农民正在耐心地安慰帮自己犁地的伙伴。他还有最后一次机会，就是那个神秘的包，他现在不得不向泰里兰达家冲去，而不能像他和那匹马所渴望的那样，在桥上转弯回家。

第三十七章

医生到达犯罪现场时，那些人正把尸体抬上一辆长干草车，即使不走近，他也能把情况看得一清二楚。医生艰难地穿过被露水浸湿的草地，鞋子和卷到膝盖上的裤管都湿透了。当他走近时，大家都安静下来。警察脸上浮现出一丝得意的微笑。

“为什么要请医生来呢？这里只需要警察和一个掘墓人。”

医生瘪着嘴，他抬起脚来，试图在长满深草的湖岸边找到一个露水较少的地方。

“有罪的一方是为了被害者的安全着想……”

“好吧，不管怎么说，把我带到这儿来看死人是没有多大意义的。”医生说着，对着其他人苦笑了一下，其他人也回了一个比哭还难看的笑。

萨洛宁示意马蒂，他想为医生的这次出诊付钱。

“马蒂，你的右手是自由的吧？把我的钱包从左胸口袋里拿出来，里面还剩一百马克呢。”

“你留着那钱吧——我想你会需要的。”医生说着，开始跟警察讨论起官方事务：“天气这么热，我们必须在星期二之前做好尸检，毕竟这里到现在都没有修建像样的地窖来停放尸体。等我做完尸检之后，你们还有足够的时间去进行其他的司法程序。这次我必须亲自进行尸检，没办法，县医务官休假了。”

人们都在听着这场谈话——除了萨洛宁，他现在觉得自己被冷落了，这让他很恼火。医生、警察和躺在干草车上的犹卡成了大家注意的焦点。

其他的木筏工人窃窃私语起来：“不管是谁都不能往别人胸口捅一刀，不过那个医生居然还会验尸，那犹卡岂不是要被……”

医生在拒绝了报酬之后，慢慢地朝着大路走去，他尽力避开潮湿的草丛，过了好一会儿，终于走到了路边，车夫架着马车静静地等着他。“早晨的露水真是让人恼火，慌里慌张地来这里什么也做不了，裤子还被打湿了。虽然这几天确实挺闲的，但是这么热的天，总不能穿着高筒靴出门吧。要是夏天的早上没这么重的露水，我会更喜欢这个季节的……”他一边爬上马车，一边喋喋不休地和车夫抱怨着。随后他又问了车夫的老家，车夫说了一个他从来没有听说过的地方。突然，医生一抬头看到了一个熟悉的人，惊讶道：

“这是泰里兰达老爷吗？这么早出来是有什么事？”

“早上好！”泰里兰达老爷走到马车边拦住了医生的马车，并对他说，“的确是有要紧事！贾尔马里的妻子即将生产了，我的妻子去帮忙，到现在还没回来。我想她们现在很需要你的帮助。希尔佳的丈夫出门去找接生婆，但是没找到，他去了你的诊所，恰巧你也出门了。你的女仆打电话告诉我来这里找你，她已经把手术钳和一些必需的药交给希尔佳的丈夫了。”

“我想她丈夫很快就会来，不过我们可等不及，如果你愿意，我们现在赶紧过去吧！我们可以乘汽艇，我来送你。”

“好吧，既然我刚刚送走了一个死者，为了纪念这个特别的早晨，我也应该去迎接一个新生儿，这很合适。”医生轻快地说，“我们赶紧出发吧。”

正当他们说话时，一辆汽车突然停在了他们身旁。泰里兰达老爷看见是塞尔玛在开车，也认出了坐在她旁边的海纳森。

“我们回来喝咖啡，爸爸！”

“那你们自己煮些吧！我得带医生去贾尔马里家里。”

“怎么了？出什么事了吗？”塞尔玛惊讶地问道。

“希尔佳要生产了，你妈妈在那里照顾他——多煮点儿咖啡，我们回来的时候也需要一杯。”

赫尔卡和亚尔维特的车也停了下来。听说发生了要紧事，他们问是否也可以去。他们答应开车送医生回家，这比用马送他回家的速度快。

“好，那我——哦不，我的产钳已经在贾尔马里那里了！我不用回家了！”

一切都安排妥当了。塞尔玛和海纳森回家去煮咖啡，泰里兰达老爷和医生上了一艘汽艇。船像犁头一般，在湖面上行驶时留下了两条如犁沟般的痕迹。

农夫们起得很早，他们正在割草，不过割草机的声音没有传到船上人的耳朵里，他们心急火燎，容不得半分拖延。

当他们走到一半的时候，有人注意到一辆马车停在了泰里兰达家的大门口，那是希尔佳的丈夫贾尔马里！泰里兰达老爷开始在船上挥手，大声呼喊，贾尔马里却完全没有注意到这边，最后还是医生的车夫停下马，大步走下山坡，来到大路上，对他呼喊。而后贾尔马里一转马头，又冲着家的方向狂奔了过去。

“要我说，他这完全是瞎忙活。他现在回去也没啥用，反而我觉得他妻子应该能照顾好自己。”医生说。

第三十八章

“你见过图尔库监狱吗？政府出钱修的，可气派了。”警察用诙谐的口吻问道。

“哦，我犯过一些小过错——所以见识过，这次他们大概会以谋杀罪把我关起来。”萨洛宁不甘示弱地回应，“不过我是无罪的，是他先惹怒我的。”

“在这个世界上总是这样，无辜的人被抓，有罪的人也难逃法网——哦，不对，拜你所赐，他被尸检解剖后会被车拉到墓地，然后埋进土里，最后只是一抔枯骨黄土。我一生中给过许多人铐上镣铐，其中大多数都嚷嚷自己是无辜的，呵呵呵。”

这个警察完美地完成了自己的任务，这让他成就感爆棚。因此他开始和囚犯们聊天，这是他心情最愉快的时候。他们和之前的医生一样，在潮湿的草地上艰难地行走着，不过这些人都穿着高筒靴，所以并不担心被打湿。他们大摇大摆地走着——并没有因为践踏了农民湖边的牧草而感到内疚。

萨洛宁和马蒂被推进车里后，狱警和警察聊起了天：“局长有没有说把这两个人带到哪儿去？他今晚会审问他们吗？还是我带他们回家？”

“别管现在几点，局长肯定会进行初步审讯的。”

“好吧，那我现在带他们俩去见他。”狱警对着马咂巴了一下嘴。

现在的情况和不久前在湖边的情况差不多，都是一群人围着萨洛宁转，这让他觉得自己才是主角，其他人根本不重要，更不用说那个可笑的马蒂了——即使他成为了别人的谈资。不过马蒂肯定不会有这样的想法。

这条路不怎么好走，月亮已经西下，初升的太阳开始慢慢散发它的热量和光芒，小鸟在热情地歌唱。受惊的鸦群发出刺耳的尖叫声，然后从某间还在沉睡的小屋的台阶前飞出来。

当马车里的人到达村子附近开阔的田野时，到处都是割草机工作的轰鸣声，农夫们甩着缰绳驾着拉满草料的马车在路上跑着。整个田园都是一派热火朝天的忙碌景象。农夫们要赶在雨季来临之前把草料收割好晒干。这样，到冬天的时候，奶牛才有足够的口粮。对于农场来说，一年中最辛苦的工作周开始了。在这个过程中，谁也不愿意晚上出去散步。他们只会在吃完晚饭、洗个热水澡后，赶紧伸个懒腰睡几个小时。

忙完了这一周，他们才有时间和心情开始娱乐。等到周末，年轻的农夫会换上一件干净的衬衫，开始他的夜生活。他们脚步轻快，心情愉悦，也许帽带上还插着一朵花。到那时，月亮看上去会大不相同，草地上开着各种小野花的海洋会变成草堆的海洋——在一个劳动者的眼里，这样的景致同样是美丽的。

但这并不是此时早起的工人们心中所想，他们想的仅仅是根据经验来判断好天气是否会持续下去。如果马蝇突然恶意蜇人，那就说明不管早上天气多好，晚些时候都有可能会突然下阵雨。

一个晒干草的农夫此时来到路边篱笆后面的草垛尽头，他勒住两匹马，好让它们在这些恼人的昆虫中休息和吃草。一阵有节奏的叮当声随着马的疾驰传过来——狱警把萨洛宁和马蒂从马车里放了出来，给他们戴上了合适的脚镣。

农夫前一天晚上就听说了，湖上的木筏工争执闹事，还捅了人。现在他看到这两个罪犯了，其中一个看起来年纪并不大。他们脸色惨白，被狱警催促着往前走去。农夫并没有为这两个倒霉蛋生出一丝怜悯，反而觉得现在的治安越来越好了。比起他们，自己好歹还能靠努力挣钱养活一家人。他的心情愉悦了起来，再次投入劳动中，也并不觉得有多累了。

星期天晚上过后，一个真正的、正常工作的星期一早晨开始了。

第三十九章

泰里兰达老太太一夜没睡，一直在关心着事情的进展。

她知道那两个年轻人和她们的客人已经坐着车进城去了——当然是坐着客人的车，因为他们家的车还在车库里。她还知道儿媳在傍晚早些时候去了贾尔马里家，请她去一定是明智的选择，毕竟她懂的比一个普通的农家妇人要多，能给希尔佳很多帮助。但她还是很担心她的儿媳离开这么久会发生什么事，不过她的儿子只是微笑着安抚她不用太担心，她才稍微安心了些。

睡意并没有立刻袭来。有的人一躺下就能睡着，但她显然不是这样。她的大脑仍然活跃，她回忆起她年轻时那段光辉灿烂、多姿多彩的时光……一想到赫尔卡就处在这样的年华，她就心生羡慕。她虽然已经白发苍苍、视力下降，却仍然看得出来亚尔维特是个多么迷人的小伙子。

她就是睡不着。

老太太起身在窗前来回踱步，然后回到床上。上床前她朝赫尔卡的房间看了一眼，仿佛不知道它是空的——它看上去总是整洁干净，即使赫尔卡睡在里面也是如此。老太太又回到窗前，看着天空，

她想看看天气会怎么样。不管明天会发生什么事，有一件事是肯定的——明天，也就是星期一，天气晴朗、万里无云。在晴空之下，她所看到的全是干草——泰里兰达自己家的干草和湖对岸村子里的干草。那些关于草地和干草的记忆是多么遥远啊！这个女人已经老了，但她曾经年轻过，也曾拿着镰刀在草场挥汗如雨。每当她去磨刀的时候，那些年轻小伙子都会争相来为她效力，在帮忙的时候还时不时用充满爱慕的眼神偷偷看她。

那段黄金般的青春时光就这样流逝了，并且一去不复返。她的儿子，现在的泰里兰达老爷，已经快五十岁了。还有他漂亮的妻子，也只比他小一两岁，就连塞尔玛都已经长大成人，开始受到小伙子的爱慕了。

想到这里，她开始感到欣慰。她要感谢上天，将塞尔玛和赫尔卡塑造得如此可爱。但根据造物主的法令，终有一天她们也会如同她这位祖母一样，踏上衰老的不归路。这个想法使老太太感到不安，她又重新将注意力转到孙辈的爱情上，看在两个孙女都对她们的追求者有意的分儿上，她尽了最大的努力给陌生年轻人留下一个好印象。

但是现在只有她一个人了，尽管大多数时候她的身边都是有人陪伴的。她忽然觉得自己似乎回到了过去，她觉得她还是那个小女孩。她望着自己的手，那双手已经变得枯瘦、苍老，但她却认为自己这双手和年轻的时候没什么两样，依旧很有力量。她望着外面，此时黎明的晨曦已经驱散了夏夜的黑暗。远处的湖区依然如她遥远的青年时代般宁静，她曾在那里日夜划船。庄园里盖了些新房子，但是土地还是原来的样子，远处种土豆的山坡上依旧生长着几棵枞树。多奇怪呀！她现在看看这一切，心里竟然生出一丝物是人非的悲凉之感。

祖母梳了梳她那稀疏的头发，平静地编了辫子，打了个哈欠，然后上床睡觉了。

赫尔卡还没有回来，如果她回来，祖母会知道的。一想到赫尔卡和塞尔玛在一个夏夜和年轻人一起外出，祖母就感到心情愉快。对她而言，赫尔卡跟她的孙女塞尔玛一样重要。她看着她们长大，对她们的个性再熟悉不过。她毫不怀疑，她们很快就会回来。

但是，是什么让她的儿媳玛尔特留了下来呢？贾尔马里家里发生了什么？

她不可能一直和母牛待在一起，一定是希尔佳出了什么问题。

哦！是的，这将是她的第四次生产了。泰里兰达老太太记得希尔佳的数次生育，就像记得她自己曾经经历过的事情一样。事实上，她是希尔佳和贾尔马里生活中的重要人物。希尔佳曾在泰里兰达家做工，大概正因为这样，她才把这个地方当作自己的家，觉得在困难的时候可以到这里来寻求帮助。她年轻的时候有点儿不守规矩——这一点老太太还记得很清楚。但在内心深处，希尔佳是善良和纯洁的，这一点老太太也知道，而且是毫无疑问的。因为希尔佳曾经在她肩上哭了一个多小时，绝望地抓着她，好像快要溺死一般。这一切都是因为一个俊俏的大学生——那个在这里待了一个夏天就走了的人。之后，老太太便走进了希尔佳的内心，成了她的第二个母亲，尽管她们俩开始时并不这么想，但她们最终的确有了这样的情谊。

后来，希尔佳对她说：

“阿姨，你觉得我能嫁给贾尔马里吗？你知道的……”

老太太回答说：

“如果有像贾尔马里这样正派的人爱你，你会幸福的。但是记住一件事：你不能对他隐瞒任何事情。除了那个大学生，你还有别的男人吗？”

“从来没有过。”希尔佳回答。

“好吧，那么，若是贾尔马里向你求婚，你就对他说：我非常愿意做你的妻子，但如果我曾有过一段短暂的恋情，你还会娶我吗？”

虽然泰里兰达老太太年纪大了，由于缺乏睡眠而疲惫不堪，但一想到那时她从希尔佳那里听到的消息，还是情不自禁地笑了起来。那姑娘按照老太太的吩咐，把她告诉她的话都对贾尔马里说了出来。

“贾尔马里怎么说？”

希尔佳的好心情无法抗拒地迸发出来：“我还没见过像他那么笨的人呢！我向他讲述了我的过去，他看了我半天，才问我还要不要嫁给他，结婚通告该怎么发！”

事情就是这样，而老太太便是希尔佳第一个孩子的教母。一开始，她推辞说：“我太老了，不适合做这种事。”

但是希尔佳说：“除非泰里兰达老太太是教母，否则我的孩子就不做洗礼了！”

当祖母望着窗外和湖对岸时，脑子里闪过了这一切。然后她又一次上床睡觉了……她感到特别虚弱，虽然她已经上了年纪，但是在此之前她还从来没有感受到过如此强烈的虚弱。这是精神上的疲劳，而不是身体上的疲劳。她的脑海里一直在回想着年轻时的种种，想着想着突然觉得自己的一生简直留下了太多遗憾。明明年轻的时候有自己的人生规划，并且也一直在追求自己想要的，为什么还会留下这么多遗憾呢？我这一生都做了些什么事情啊？我已儿孙满堂，但只有自己清楚，我的人生并不像看起来这么圆满。老太太想着。

她听见从路上传来的声音，但她太累了，不想起身再走到窗口去看了。她能听出是儿子的声音——然后是一辆汽车的刹车声，一声微弱的刹车声。但她已经不想再管束这些彻夜未归的孩子了。清晨即将到来，农夫已经开始干活儿了！

老夫人听到湖边有声音——汽艇开动了。他们又试了几次，咕嘟咕嘟的声音才继续响起，然后又慢慢消失了。她猜想他们可能是去贾尔马里家了。可怜的希尔佳，她怎么样了？但她现在太累了，实在没什么精力起来过问这些事情了。

第四十章

一个名叫皮耶特莱的农民在监狱里当看守。这人年纪不大，和弟弟利维伊一起住。利维伊大部分时间都在酗酒和追求农家姑娘，行为放荡不羁，女孩子一旦和他混在一起，就只能束手就擒了。

这个七月的晚上，利维伊像往常一样四处游荡。萨洛宁和马蒂经过警察局局长的初步审讯，被带到了皮耶特莱的家。皮耶特莱在家里收拾出一个房间当作牢房，用于关押还未送入监狱的犯人。马蒂并不怎么担心，他一伸懒腰就在铺位上睡着了。但萨洛宁却睡不着。他的醉意已经消退了，用力地敲打着牢房的门想要一些水来解渴。

这时，一个人走进客厅，粗暴地问囚犯要什么。萨洛宁立刻喊了起来："老天爷啊，我要喝水，我嗓子都要冒烟了！"

来人正是利维伊："你不想喝酒吗？"

"别捉弄一个可怜的囚犯了！"

利维伊正准备打开牢房的门，他哥哥穿着睡衣从卧室走了出来："当心那个人，他可是个杀人犯。"

"别担心，我认识诺基亚——一次周末我还差点儿和他打上一架，但也仅此而已。他没那么可怕。"

利维伊并没有喝太多酒，意识还很清醒，他哥哥看到他这样，便放心地去睡了。毕竟利维伊是兄弟俩中更强壮聪明的那个。

利维伊打开门，萨洛宁站在他面前。很早以前他们就认识了，之前也发生过矛盾，那一次他们差点儿打起来。现在，利维伊也听说了那个木筏工杀人案，但他并没有放在心上，而是拿萨洛宁当自己的兄弟一般看待，一同坐在窗边。此时他的哥哥又来到门口，对他的兄弟说：

“小心自作自受，利维伊，你得清醒一点儿。”

利维伊没搭理他，从口袋里掏出酒瓶，里面装着已经混合好的粉红色酒液。萨洛宁注视着它，明亮的蓝眼睛在晨光中闪烁。虽然清晨的阳光并没有直接射入房间，但是院子反射了些许光亮进来。

“他当场就死了吗？”利维伊问道。

“是的，他当场就死了。”

“下手可真够狠的，你以前坐过牢吗？”

“没坐过，但我被判过一笔小额罚款。”

“我就说，你看起来不像个木筏工，你怎么会去那儿做工呢？”

“哦，我只是想体验一下那是什么感觉，许多书里都有这种漂流式生活的奇特故事，正好我也要躲罚款，我就想尝试一下。但是整个夏天我只能和一群粗暴的糙汉在一起工作，我都没见过一个漂亮文雅的同事——自从我离开坦佩雷的寓所以来就没有见过。”

“女孩呢？”

“嗨！那是农家姑娘和厨娘！我不想扫你的兴……但那把刀刺进

他的身体时……”萨洛宁用手做了同样的动作，就像他攻击犹卡时那样，他的眼睛闪闪发光，蓝色瞳孔显得更加鲜明，他的嘴角带着一种奇怪的、享受的表情。与此同时，他伸出另一只手去拿酒，利维伊让他喝了。萨洛宁对着瓶子喝了一大口。他喝完后喊道：

“不过我并不难过，我对天发誓，我不后悔。那男孩年轻而幼稚——他年轻、英俊、幼稚……”

“你是说女孩吧？”利维伊没听懂，十分疑惑地问了一遍。

“他长得英俊，还带着孩子气。”萨洛宁自言自语地说，他似乎忘记了利维伊的存在。当他望着窗外广阔的天空时，他的眼睛里浮现出一种奇怪的、近乎怨妇般的神情，仿佛他已经本能地和窗外的天空告别了。

利维伊再也无法理解这个年轻人的想法了。他局促不安地看了萨洛宁一眼，拿起瓶子喝了一大口酒，心里十分纳闷儿为何要和萨洛宁一起讨论一位小伙子。

临近清晨时，有个流浪的乞丐婆从院子那间小屋的门廊里走下来，蹲在矮树丛旁边，待了一会儿又站起来，轻轻晃了晃身子，继续往前走。树林里的麻雀和燕子也注意到了这位妇人，但这并不会影响它们继续在林中吵闹穿梭。

然而，此时一同喝酒的两个年轻人因为心灵并不相通而变得有些疏远了。

“把瓶子递过来，我要全喝了！”萨洛宁对他身旁的利维伊说。

“喝吧，伙计，你是神的子民，”利维伊说，他还有酒，因而慷慨地将酒瓶递给了萨洛宁，“把它喝光吧，你要过很长时间才能再喝一次啦，不管是这个，还是别的你喜欢的东西。那些生活中最美好的东西都要离你远去了，多可怕啊，干杯吧！”

“干杯！”萨洛宁的话语中夹杂着复杂的情感，这不仅仅是对酒的致敬，还是对现状的一种无声抗议。他鄙夷的目光掠过那位粗犷且貌不惊人的利维伊，但内心深处，一种难以名状的嫉妒悄然滋生。他的思绪不由自主地飘回了那个遥远而温馨的故乡，在那里，春天的气息总是伴随着他对文雅而又秀丽的伊尔麦尼的深切怀念。他们曾是彼此灵魂的伴侣，携手漫步于钟楼旁巍然矗立的岩石之巅，时而站立，凝视远方，让心灵随着轻风起舞；时而并肩而坐，手指紧扣，低语绵绵，仿佛整个世界都融化在了他们的窃窃私语中。那段春日时光，犹如生命中绽放的一朵璀璨花朵，美丽而短暂，却成了他心中永恒的温暖。

然而，好景不长，生活的画卷渐渐染上了灰暗的色调，仿佛一只无形的手，将无尽的麻木与苦楚一勺勺填满他生命的容器，直至它不堪重负，裂痕斑斑。如今，他被束缚在这农舍客厅的一隅，沉重的镣铐紧紧锁住他的双腿，预示着他即将踏上通往图尔库监狱的不归路。未来某日，或许他会再次踏足这片熟悉的教区土地，但那时的他，已不再是昔日自由翱翔的雄鹰，而是被囚禁于命运牢笼中的悲鸣之鸟。

当萨洛宁对着这位举止粗鄙却享有自由空气的利维伊发出呐喊时，他的眼眶不禁湿润了，那不仅仅是泪水，更是灵魂深处对过往美好岁月的悼念，对自由的深深向往，以及对自己命运多舛的深深喟叹。在这一刻，他深刻体会到，即便世间万物皆可抛，唯有自由是心之所向、魂之所系，是值得用一切去捍卫的无价之宝。

“我要戴多少年的脚镣呢？我只能这样白白等死了吗？我的人生为何是这般模样？！”他的哭声如此强烈，引得哥哥再次从房间里走出来，对弟弟利维伊说：

“你看看，你看看，整个农场谁也睡不了了，都是因为你非要和他讲话……”

萨洛宁不管不顾地哭着喊着，他摇着沉重的镣铐，铁链碰撞发出的尖锐咔嗒声打破了早晨的宁静。农场里的姑娘们睡眼惺忪，从厨房出来察看，先是惊讶，然后又不禁有些怜悯。即使在因醉酒和睡眠不足而憔悴的时候，这个囚犯仍然年轻英俊。他那金黄的卷发时常会垂在前额上，所以他不得不用手把它往后推——唉，过不了多久，那些可爱的头发就会被剪掉，然后扔在监狱的地板上，最后被扫进垃圾桶里，一个女仆心想。萨洛宁大声喊道：

“你知道一个凡人最难以忍受的痛苦是什么吗？他年轻的心灵燃烧着如此强烈的渴望，但他却不知道自己在渴望什么。好好看看，我的姑娘，你有爱人可以随时拥抱，但是我有什么呢？我连妈妈都没有……妈妈！妈妈！”

萨洛宁不知道哭了多久，终于消停了。取而代之的是他一直低声重复的一句话：“妈妈，妈妈……”他躺在铺位上，把脸埋在肮脏的床单里，一遍又一遍地喊着：“妈妈，妈妈……”因为他没有表现出任何暴力的倾向，而他喊出的那个词又是如此悲伤，所以其他人也不能把他怎样。女仆的眼睛里充满了泪水，悄悄离开了。可怜的姑娘，她也没有母亲——她的母亲已经去世很长时间了。至于父亲，她也从来没有见过他。

萨洛宁哭了一会儿，又感觉到口渴。那个女仆走了过来，为他倒了杯水，让他喝下。他喝过水之后，终于睡着了。马蒂一直睡得很熟，萨洛宁的哭叫声都没让他醒过来。

此时已经是夏天的凌晨三点，那个温和的狱警站在那里，只穿着一条内裤，漫不经心地望着从他父亲那里继承来的房产，盘算着要尽快把这两个家伙送去监狱，这样才不会耽搁了割草。

第四十一章

聚集在贾尔马里家的这群人心情则愉快了许多。这个时候不论谁从贾尔马里家门前经过，都能看到他们家一派和谐的景象，令人羡慕不已。泰里兰达太太提前把孩子们安顿好，让他们早早入睡。因此，当“大事件”正式开始时，这两个明智又有经验的女人能够独立地、全身心地投入接下来的生产工作中。她们一点儿也不在乎彼此间社会地位的差异，一个是佃农的妻子，另一个是有教养的富家太太。

希尔佳此次的生产十分顺利，就像她前几次生产那样。两个女人正得意扬扬的时候，从走廊里传来一阵咔嗒咔嗒的声音——这时婴儿已经躺在篮子里，刚洗过澡，睡得像一只被精心呵护着的小猪宝宝。妇女们以为是贾尔马里——那个慢吞吞的丈夫——终于跌跌撞撞地回家了，肯定还带着接生婆。她们虽然如此揣测，却看到挤进房间的是本地的医生——一个年轻的帅小伙，跟在他后面的是一对年轻人。这个女孩是泰里兰达家的赫尔卡，但是她身旁的男人则是个陌生人——希尔佳只是在昨天晚上早些时候去请女主人帮她看牛时，瞥了他一眼……最后来的是泰里兰达老爷。

医生看了一眼希尔佳，就知道这里没什么需要他做的了。他在床边坐下来，握住产妇的手。

“今晚无论我去哪里，似乎都太迟了，不管是被带离这个世界的人，还是被带到这个世界的人。但我祝贺你们，一切都安排好了吗？最后那件小事也安排好了吗？”

“是的，都结束了。我现在只希望我家那位慢吞吞的老头子赶紧回家。”

每个人都笑了。婴儿安静地睡着，赫尔卡带着一种有点儿敬畏的表情看着她。她把她的朋友亚尔维特拉到篮子前，一言不发。

“看她的睡姿，是不是很可爱？”

希尔佳意识到医生和其他人很快就要离开了——太阳已经升起来了。她向泰里兰达太太使了个眼色，告诉她家用的钱在哪里，好给医生付报酬，可是被医生拒绝了。他和气地说：

“哦，不用！我看一个死去的人都没有收钱，现在我看到这样漂亮的小宝宝，怎么能收钱呢？”

他先是用和善又钦佩的目光看了看摇篮里的婴儿，然后又看了看她的母亲希尔佳。希尔佳由于分娩时失血过多，脸色苍白地躺在那里，但这没有影响她的美貌。

“我希望你家贾尔马里能赶紧回来。”医生和她握了握手。

正当这群快乐的人要出门的时候，他们遇到了一个人，不用说，就是希尔佳倒霉的丈夫贾尔马里。他确实经历了重重困难。首先，要不是有一个农家姑娘帮忙，他连那匹倔强的马都抓不到；然后就是那个车夫！现在又有了产钳，或者叫什么玩意儿，还有——哎呀，大夫也来了，孩子肯定已经在篮子里了，因为大家都对他亲切地微笑着。孩子在哪里啊？哦，一个女孩，是吗？谢天谢地，现在贾尔马里能在阿尔维娜回来前照顾母女俩吗？

“谢谢你们！谢谢！”贾尔马里激动地说，“特别是您，泰里兰达太太！没有您我都不敢想会发生什么！”

“我会给她一张助产士证书，这样不管她以后去哪个教区都可以帮产妇接生了。”医生说，“她确实很不错。”

“现在，我的丈夫已经回来陪着我了，你们也辛苦一晚上了，赶紧回去休息吧！”希尔佳说，“医生，你不是说过，我自己足以摆平一切吗？”

“既然贾尔马里已经回来了，我们也可以安心地离开了，不过你要记住，不要太早从床上下来，即便你自我感觉已经恢复好了。大概就是这些……哦，对了，珍惜这孩子乖巧时的样子吧，他们小时候是小天使，长大了就变得让人头疼。”

这位医生絮絮叨叨的，显然心情很好。

“现在，记住，无论你感觉恢复得有多好，都别太早下床。”

大家都走了，不久希尔佳和贾尔马里就听到湖岸传来汽艇的嗡嗡声。明媚的太阳升了起来，真是令人愉快的一天。森林、牧场，它们依然是那么美丽，那么郁郁葱葱，这就是他们所熟悉的芬兰大地。

“好吧，在我睡着之前把你的手给我。”希尔佳对贾尔马里说，眼里流露出难以形容的温柔和爱意。

贾尔马里向她伸出手，希尔佳抓住了他的胳膊，最后把他的头贴在自己的脸颊上。这是这个晚上最快乐的时刻。

“哦，我今天晚上可真是磨难重重。当我到达维沙加维时，遇到了一辆四轮马车之类的东西，反正它有两匹马——他们从哪里弄到这样一辆马车的？里面有一个姑娘，还有一个男人，所以我想，啊，那一定是接生婆，所以我没有让开，而是赶忙去问问他们。唉，他们一听就乐了，笑得那么厉害，简直要把森林里的动物都吓出来了。”

他就这样在妻子身边慢慢地诉说着这一晚上的经历。

一刻钟后，其他人回到了泰里兰达家里。塞尔玛和海纳森按照之前的安排把咖啡准备好了，衣冠不整的女仆也开始睡眼惺忪地干活儿——她的自尊心不允许别人在用她的炉灶和锅时，她还躺在床上。医生也进来了，但没有脱下大衣，也没有坐下来，只是站着喝咖啡。

“一个非常有趣的夜晚。你们错过了美妙的田园风景。”他转向塞尔玛和海纳森说，“虽然我见过成百上千的人出生，甚至更多的人死亡，但我对这生与死依然怀有敬畏之情。”

“但是，医生，如果我们和你一起去看田园风景，就没人能喝到咖啡了。”塞尔玛回答。

“很对。”医生说着，向塞尔玛鞠了一躬，“让我们希望这田园风光可以常变常新，它在其他时候也很迷人，不仅仅是在七月。让我们拭目以待——谢谢你的咖啡！啊，我的那个医疗包放到哪里去了？你们刚刚把车停到哪里去了？虽然我一整晚都被拉着跑来跑去，不过现在我总算是能回家啦！”

不一会儿，引擎呜呜地响了起来，那辆漂亮的汽车沿着平坦的道路向村子驶去。割草机越来越多，每台都被两匹马拉着。他们在路上还遇到些行人，所以车时不时得停下来。“不管怎么说，夜晚过去了，今晚不会再有第二具尸体了。”医生说。赫尔卡独自坐在后座上，前面坐着两个男人。

“好了，谢谢你们带我一程，是时候把副驾驶的位置还给赫尔卡小姐了，这可真是个充实的夜晚啊！”

第四十二章

在那个星期六的晚上，萨朵拉只睡了几个小时。然而，当她醒来的时候，她感觉到比其他早晨都更加神清气爽。她睡着时手里还抓着农场主塞在她手掌里的钞票。现在有一张掉在了被子上，另一张还在她手里被揉成一团。就这么把两百马克的钞票随手一扔，果真是有钱的农场主啊！萨朵拉思考着，昨夜她的丈夫没回来，那么他今天也不会回来了。墙上的钟又开始报时了，现在的天色已经亮到可以清晰地看清表盘上的数字了。

萨朵拉起身去照顾母牛，她穿着晚上洗完澡后穿的那件衣服。她突然想到，幸好孩子们还在睡觉，没有看到那两张钞票。她不假思索地把它们塞进上衣的衣襟前。她挤牛奶的时候，那两张钞票蹭到了她的皮肤，有些痒痒的，但令她感到愉悦——尽管它们像昨晚一样皱皱巴巴的。

两百马克的工资对于酿酒师来说高得惊人，其实一百就够了。她有一种别样的快乐，因为她得到了这么一笔钱。她的丈夫至少还要一个星期才回家，村里的那些亲戚肯定会认为她和孩子们过得很拮据……萨朵拉站在走廊后面的昏暗房间里，从怀里抽出那两张钞票，把它们弄平，按原来的折痕折起来。她把它们握在手里，准备将它们藏起来，不管发生什么意外也不能动用它们。她很快找到了一个铁箱子，这个箱子是萨朵拉自己的。那是她父亲做的，也是她父亲上的漆——而她的丈夫从来没有打开过这个箱子。箱子内有一个狭窄的隔层和一个盖子，里面放着最好的亚麻布。萨朵拉在隔层的底部找到了一张纸，她把钱塞到了那张纸下面。

桌上还放着一只装着麦芽酒的锡制马克杯——萨朵拉从杯子的把手可以看出，最后一个离开的人是站着喝的。她站在那里，把它拿起来，倾斜着，看着液体洒出来。她闻了闻啤酒，最后尝了一口……它发酵得极为充分，但仍带有熟悉的泥土的味道。床头的桶里也有一些麦芽酒，那是农场主和他的朋友们喝剩下的。

那张可以从侧面折叠起来的床，上面留有人坐过的痕迹。萨朵拉开始整理它，把它弄平，把被褥整理好，这样她就可以躺下了。她想也许今天晚些时候她可以在这阴凉的房间里打个小盹儿。的确，这样的事情以前从来没有发生过，甚至当她丈夫在家的时候，她也从来没有这样做过——这太纵容自己了。但是现在萨朵拉是独自一人。在过去的短短二十四个小时里，萨朵拉的自我意识突然觉醒了。她不再是原本那个贤惠勤劳的萨朵拉，这样的变化令她感到有些不安。

今天是难得的星期天，萨朵拉心情好极了，她哼着小曲儿，翻出了之前一直舍不得穿的漂亮衣服，好好地打扮了一番。

她将要面对的是漫长而令人兴奋的一天。孩子们在吃饭时询问他们是否可以去别的农场玩时，她没有反对，但当他们就要离开时，她又一脸严厉地叫住了他们，低声地说：

“要是有人向你们打听家里的事，你们最好把嘴巴管严点儿。”

孩子们完全不理解母亲突然的严厉，她整个上午的心情都那么好——异乎寻常的温柔，他们也没有立刻领会她所说的“家里的事”的意思。

“一定是昨晚在这里喝啤酒的那些人。”大女儿最后说道。

他们都回头看了一眼，只见母亲把牛赶了出来。就连动物在身边，也让萨朵拉很厌烦，仿佛她有什么秘密在动物面前都要遮遮掩掩一样。

第四十三章

泰里兰达一家倒是都很平静。

主人和女主人睡得很香。他们都感觉到了夜晚清新的冷风拂过皮肤，这对中年夫妇几乎同时打了个寒战，随后他们互相调侃着对方已经上了年纪，禁不住一点儿冷风了。随后又给了彼此一个温暖的拥抱。

虽然现在已经过了睡觉时间，但是泰里兰达家里，每个人都打算继续睡上几个小时再开始一天的劳作。事实上他们昨天晚上确实是折腾得够多了，因此，每个人都不愿意拖着疲惫的身体开始新一天的劳作。而且他们作为农场的主人，好好休息几个小时又能怎么样呢？反正干不干这几个小时都没有多大区别。现在最重要的事情就是让自己好好休息，养足精神，即便现在是最忙的一个星期。很快，泰里兰达家的人都睡着了。那些仆人收拾完主人和客人喝完的咖啡杯后也匆匆回到下人房休息去了。她们连衣服都懒得脱就倒在了床上。那个女仆想起医生之前调侃她的几句话，嘴角浮现出微笑，然后也沉沉地睡着了。

每个人都睡着了——除了老太太，她甚至听到赫尔卡和亚尔维特回到了各自的房间，但她还是没法儿安睡。

几个小时前，祖母还在为她的儿媳担心，毕竟她的儿媳在贾尔马里家待了那么久。那个时代和现在不同，一个人，尤其一个女人在离开家的时候，不知道在什么时候、什么地方会有灾难降临……

除此之外，老太太还为两个出门玩耍的孙女担心，尽管她们身边有男孩子照看，但是她还是担忧——这样一辆汽车，不管它有多豪华，也会掉进沟里去，而这和过去雪橇翻倒的情况完全不一样。她还无可避免地担心这两位年轻小伙子的人品和道德，毕竟他们对于她来说是完全陌生的。赫尔卡似乎与亚尔维特熟识，她信任赫尔卡绝对不会看错人。毕竟，她是老太太从小看着长大的，了解她就像了解自己一样。但是塞尔玛身边的那个男孩子，只是作为一个朋友的朋友来的……这就是祖母一直不太放心的地方。

那个年轻人的陪伴也许能给塞尔玛带来短暂的愉悦，但在她这个年纪，这样的夜游和随后可能发生的任何不愉快的事情，都可能对她造成极大的伤害，甚至会毁了少女可贵的一生。即便所有的人都平平安安回来了，祖母悬着的心也没有落下来。

从夜晚到早晨，祖母静静地思考着这一切。对于她这样年纪的人来说，时间过得实在太慢了。可是那又有什么关系呢——如果睡不着，那就顺其自然。毕竟，她不需要爬上割草机的座位，也不需要拿着干草叉去干活儿。她曾经用一把老式的大镰刀完成了割草的工作，她还有年轻的农场工人为她耙草……

她还知道，再过几个小时，无论她熬到多晚，自己再想睡也没机会了。但她可以在一天最热的时候打个盹儿。

于是她回到床上。她的床已经不再像以前那样是一个温馨的安睡之地了——将近二十年了，她的丈夫去世以后，这里就不再温暖了。她花了整整六个月的时间才让自己重新振作起来。但是每当夜深人静的时候，她还是会感到无限的酸楚。奇怪的是，她今晚竟然还会想起那件事。在那件事之后，差不多过了一年，她才不再哭泣着入睡。但她没有把那件事告诉任何人——有什么可说的呢？当别人说她老得很快时，她只是笑了笑。她喜欢开再婚的玩笑："要是有个合适的媒人就好了。"直到她和女儿到三个教区以外的地方暂住了一段时间，她才找到了缓解内心悲痛的良药。在那里，她女儿的孩子让她忘记了痛苦。她重新回到家后，她睡得很沉，从那时起，她就变成了慈祥的母亲、祖母以及老太太。

真奇怪，这一切现在怎么会浮现在她的脑海里，旧的和新的记忆都混在一起了……这时，她又确信，她的儿媳玛尔特之所以这么晚都没有回来，一定是在照顾怀孕的希尔佳。

老太太站起身来，走到台阶上。她看见儿子穿戴整齐地站在院子里，他回答母亲的问题时，看也不看她一眼，简直冷漠无比。结婚之后，他对母亲就是这样的态度，为此，玛尔特还帮她的婆婆在丈夫面前抗议过多次。

老太太又回到屋里，用力地关上身后的门，拴在谷仓角落里的那匹马发出了一声嘶叫。她太累了，整个身体都在告诉她，要过很长时间才能睡着。

她感到越来越痛苦，但这种痛苦并没有持续多久。有一瞬间，她觉得自己仿佛回到了自己出生的那一刻，那个尚没有自己的意识和记忆的时刻。不管是谁，都没法儿记得自己刚出生时发生的事情。

就在这时，她的休息又被打扰了，这是最后一次。她听到汽车发动的声音。她费力地走到窗前，看见前排座位上赫尔卡和亚尔维特的身影，他们两人都直视着晨曦中的道路。过了几秒钟，祖母心里产生了一种最深切、最温柔的爱，她恨不得自己能看穿前路，看到孙女的未来。但一想到未来，她这把老骨头就感觉头昏脑涨。她感受到了最深刻、最痛苦的哀伤——她已经被抛弃了，没有人再需要她了。

祖母走到她的床前，在深深的疲惫中睡去。

第四十四章

夜幕降临之时，外出的丈夫步履匆匆地往家里赶去，他惦念着家里等待着自己的妻子和孩子，即便他们在自己到家之前已经入睡，也会在他开门的那一刻扑进他的怀抱。一个顾家的男人匆匆赶路的时候，不会在意归途上的风景。他只会步履匆匆却不失稳健地往家走。

他朝家走去，打开门的那一刻，他迫不及待地走了进去。然后，墙壁、窗户、门、天花板，整个住宅、烟囱和所有的一切，都像一只睡意蒙眬的鸟妈妈，把他当成一只走失的雏鸟，急切地欢迎他回到它的翅膀下。

对于一个在寂静的夏夜里游荡的人，特别是一个孤独的人，说他不快乐是不恰当的。如果说一所房子能让人得到母亲一般的庇护，那么整个夏夜连同它的大地和天空也是如此。在它的拥抱中，即使是最不幸的、最孤独的人，也会以这样或那样的方式得到安慰。对一个生活在芬兰北部的人来说，他的家乡是最可爱的地方，他脚下是大地之母，他从大地而来，也将回到大地里去。他希望有一天自己的灵魂能在苍茫无垠的天空中苏醒过来。对于一个在夜间漫无目的地游荡的人来说，最大的不幸也许是他不知道到那时，他的灵魂是否能得到彻底的解脱。

但这毕竟是很遥远的事，还不足以给这样一个在夏夜匆忙归家的人带来痛苦。

然而，如果一个男人一直到深夜才慢吞吞地归来，进了家门后却如坐针毡，没过多久又悄然离开，这样的人才是最可悲的。对于等待着他归来的家人来说，就算他喝得醉醺醺的，进门大吵大闹也比他像一个陌生人一样冷漠地回来又悄无声息地离开要好得多。北方的夏夜像白天一样明亮，但夜晚的氛围总是很容易让一个人压抑住自己的情绪。当然，那些满腹心事的浪子在夜晚走出家门的那一刻，所有的情绪都再也抑制不住了。他身后的房子也不再安然沉睡，即便再困，它也会强打起精神，像一个慈母一样默默地注视着她的孩子越走越远……当清晨的曙光打在它身上的时候，它又像一个睡眠很浅的老人，一旦被吵醒就再也无法安睡了。

艺术家走到了熟悉的小路上，放慢了脚步，但这次并不是漫无目的的。他似乎在悄悄地寻找着什么，尽管在这片品种混杂、茂密的树林里，似乎没什么特别的东西。突然，他在这条林间小道上停住了脚步，眼睛一眨不眨地看着前方，就像在湖面的船上时那样。不过这次他并不是眼神放空，他默默地注视着森林的地面，上面长满了碧绿的苔藓，低矮的蕨类植物和各种匍匐在地上的藤蔓纠缠着，一直延伸到远处，最后淹没在杂草丛生的灌木丛中。森林里这些茂盛的植物散发出一股潮湿的气味，白天的时候模糊不清，到了夜晚反而能清晰地感觉到。它们静默地附着在森林的地衣上，没有给予这个闯入森林的艺术家任何关注，也不会因为他热切的目光而发生任何改变。它们似乎在暗示每一个走进森林的人，这里没什么特别之处。

艺术家观察了一段时间，离开了小路，向森林里走了几步，然后他停了下来。茂密的森林阻碍了他的视野，看不到更远的地方，只能走一步看一步。他不假思索地又走了几步，停了下来，又往前走。当他回头看时，那条路已经消失不见了。他朝四周看了看，发现自己已经被丛林包围了，他抬头望去，看到密林之上那一小片天空，就像人的衣服被撕开后露出的一小块皮肤。天空离他如此之远，高大茂盛的树林仿佛一口深井将他困于其中，他站在井底，内心的悲伤和潮湿阴暗的丛林融为了一体。

“你为什么这样到处乱逛？你在找什么？你如此弱小，你自己也很清楚，你做不出任何有成就的大事，何必这样纠结和痛苦呢？”

他的一部分意识这样自问，仿佛周围的丛林也这样对他说话。

他又继续往前走，似乎在寻找一个合适的地点。找到后，他坐了下来。这位艺术家坐在一株柞树上稍微休息了一会儿，那些困扰他内心的问题已经渐渐消失了。他想，那和丛林无关，那只是他内心未平静时的一些幻想。在这片树林里，连一只鸟也没有，也没有夜蛾，更没有别的昆虫，只有森林里特有的潮湿和泥土的气味弥漫在空气中。在这里，他可以做任何事，不必感到别扭和羞愧。

慢慢地，坐在草丛里的艺术家脸部开始变得扭曲起来，双眼瞪得大大的，脸上露出孩子般的神情，似乎在盯着一个不存在的东西。在这个时刻，若是不认识的人看到他，恐怕光看那副神情就会觉得他疯了，或者觉得他变成了一个白痴。他的脸不时地放松下来，任由自己的想象力无限延展、扩大……他想起了他的孩子们，看见他们躺在摇摇欲坠的床上，他非常清楚他们是如此脆弱、如此不安，他们被他带到世界上，却没有过上很好的生活。他想象着他们现在睡在那间充满阴郁记忆的房间里，他们生活中的每一个细节都是那么动人，足以打动注视着他们的父亲——他非常清楚，家里这群孩子的命运是多么的脆弱和无助，这一切都是因为他，是他执意让他们来到这个世界上。

他情不自禁地呜咽起来，听起来就像从喉咙深处发出的苦涩笑声。这就是他内心的真情实感吗？他的脸又开始扭曲了，他的头脑在寻找新的支柱来支持他朝目标前进。青春虽已逝去，但那段时光给了他们很多的回忆。青春是不是每个人一生中最动人、最美好的时光？即便在这样的时光里，他们留下了太多的遗憾。当他们意识到自己的青春并不完美时，会因此而痛苦吗？

坐在森林深处的艺术家眼里含着泪水，脑海里勾勒着青春那金光闪闪的形象。可这样的青春时光无论多么灿烂，对现在的他来说都只是一场遥不可及的幻梦罢了。他又开始落泪了，但眼泪也是冰冷苦涩的。要是放在二十年前，他的眼中只会流淌着富含情感的热泪，它们来源于生活的苦难和压力，是一个年轻人最纯粹的宣泄和释放！因为充满希望、充满热血才会如此热泪盈眶。

这个即将步入老年的人，竟还能挤出几滴眼泪来，但在他的抽泣中，却夹杂着不自然的笑声，而不是那种真正的、猛烈的哭泣声。不过，他还是把头靠在树枝上，就像他很久以前，还是个年轻人时经常做的那样。一两分钟后，他的脑海中闪现出过去为数不多的几幅单纯而美好的画面。但是，这种突如其来的感伤被草丛的气味给拉回了现实，他四处看了看，从迷茫中重新清醒过来。

当艺术家如梦初醒般站起身、环顾四周时，森林、地面和那片天空的光线也开始了变化，黎明的晨光已经洒进了这里。上帝时刻关注着每一个人的灵魂，不管他们是善还是恶。太阳会将它的光辉平等洒在每一个人身上，不管他们是在监狱里，还是在森林里的冷杉下。很少有人能到达黑暗得连阳光都照不到的地方——如果他们能找到，那么上帝也可能无法找到他们的灵魂。

艺术家开始向大路走去，一边走一边回忆自己年轻时深爱过的那个姑娘，他此刻甚至想要爬到最高的山峰上，向那个姑娘所在的方向眺望。他为自己最近的多愁善感感到羞愧，他想起了自己的家，每当他情绪平和的时候，那里总会让他产生一种莫名的优越感。他爬得越高，天空就越开阔，早晨的阳光也越明亮。虽然他整夜没睡，但当他到达山顶时，却开始哼唱起来。这一次，他的调子没有遵循任何旋律。曲调越升越高，他不得不降下一个调子。终于，他来到了山顶上，对着曾经的爱人所在的方向大声歌唱，这首歌曲没有特定的旋律，是他胡乱编造的。太阳还未升至半空，阳光穿透地表的时候被无数尘埃阻拦，因此他一点儿也不觉得刺眼。

那美好而短暂的青春时光才是他这一生中最珍贵的东西。他曾经拥有它们，如今它们永远消失了。但是他脚下的大地依旧不停地繁衍生息，郁郁葱葱的树苗不断向上生长；四季轮转之中，广袤无垠的耕地也在不断上演着春种秋收的景象。掩映在森林中的农场、村舍，人们在这里经历着生老病死，看着沧海变桑田……大地母亲无私地哺育着她的孩子，任由他们用尖锐的刀斧、轰鸣的机器在自己的身上留下一道道伤痕。他们在开辟出来的新土地上耕种，作物只需平静地等待收割后的死亡。

艺术家想，自然就是这个样子，他还需要担心什么呢？

艺术家在眺望时看到了泰里兰达家的屋顶。他想起了马努，他的炭坑一定快烧光了。“我要去见马努。我好久没到那儿划船了。”

他下了山，脸庞被初升的太阳柔和地照耀着。他从他住的小屋旁经过，好像它与他毫无关系似的，然后来到水边，把他的小船再次推到湖面上。

第四十五章

马努的炭坑确实已经烧完了。他总对自己亲手点燃的每一个坑都抱有特别的情感，它们就像他亲密无间的朋友一般，陪他度过了夏季的无数个日日夜夜。或者更确切地说，它们像是托付给他的被监护人，作为监护人，他时刻都在关注着这些炭坑的状态。如果他让它们离开他的视线太久，里面的炭就会被烧完。而如果监护得当，烧炭过程一切顺利，它会给出几桶珍贵的液体。这些液体就是吸收了日月精华、融汇了大地之力的木焦油。木焦油是黏性的，流动缓慢，不能用一般的盛水器皿装它。葡萄酒或许也是如此，这些高贵的产物都集结了天地之灵气。

这位艺术家曾经向马努提出过这个推测。

“啊，我不懂酒，但酒对容器肯定很挑剔，”马努回答，“在这里，炼焦油时可以喝一杯，洗桑拿时也是。”

艺术家认为这个回答很不精确，于是向马努滔滔不绝地列举了一长串的来自木焦油和桑拿房中的化学物质名称，并解释了酒的来源。马努听不懂，他那张宽大的嘴唇尽力重复着那些奇怪的化学名词。

但在这个星期一的清晨，当他们在炭坑旁见面时，却没什么话可讲。马努穿着平常的工作服，他还穿上了主人送的最好的旧外套。“这是一件很漂亮的外套，可是主人没有儿子，他就把它给了我……”除了聊这件衣服，昨晚的事情当然也传进了他的耳朵里，不过他不好说什么。他也不知道这位艺术家在夜里干了些什么，也不想问。但是这个人在大白天像石头一样冷静、清醒地四处晃荡，肯定不是什么好事。每个人都有自己的烦恼。

“夜里有个人被杀了，”马努皱着眉头，瞥了一眼凶杀案发生的地方，“现在他们杀人就像过去杀跳蚤一样。那些大人物那么干，这些木筏工也这样做，就不足为奇了。”

艺术家什么也没说，只是点点头，朝马努示意的方向望去。

“昨晚在贾尔马里家里，希尔佳肯定遇到了麻烦，他们派人去请了医生。”

“你有什么消息吗？”艺术家转向马努问道。

“我什么也没听到，不过我看到他们回来的时候非常高兴，所以我想希尔佳和孩子应该都平安无事。”

“是啊，孩子平安生下来就好。我们都倾向于认为自己的遭遇比别人的糟糕得多，毕竟自己身上的麻烦才是麻烦，但实际上，或许别人的境遇比我们更加糟糕。也就是说……好吧，我该回家了。你的船过来了？”

“是的，就停在你的船旁边。”

不过，马努在离开前又看了一眼他亲手烧的火炭坑，那位艺术家也看了一眼马努。这位经验丰富的老工人，已经从他漫长的一生中获得了一种朴素的、冷静的智慧。艺术家知道一些马努的生活故事，就像马努也猜出了艺术家的过去一样，虽然他们从来没有谈论过相关的话题。两位密友一前一后走到水边，用自己的方式把船推到湖面上，向对方点点头，然后划着船各自回家。

第四十六章

星期六的晚上对萨朵拉来说似乎是很久以前的事情了，农场主在星期天晚上又出现了——而且这次是一个人。当晚，农场主在萨朵拉家的卧室住了下来，并和萨朵拉讨论了关于债务契约的问题。

星期一的早晨，太阳已经升起，农场主穿着衬衫和袜子在后屋的床上酣睡着，而萨朵拉躺在厨房的小床上，此刻已经醒来。

萨朵拉静静地躺着，思考着，想着昨天晚上发生的事情。她开始思量自己现在的处境，毕竟事情发生得太突然了。除此之外，犹卡——那个在远处木筏上干活儿、很少归家的人，还有那个躺在卧室里的农场主，对她来说都是无关紧要的。在她内心深处，萨朵拉感到疲倦之下涌动着一股新生的力量，仿佛多年堆积起来的重担现在从她的肩膀上卸下来了。这种感觉奇怪、可怕，却令人兴奋。此刻，萨朵拉肯定自己再也回不到从前的生活了，而且她的丈夫也再不可能融入到她的生活里来了。多年来，他只是……唉，他冷漠而粗鲁，他从不关心这个家，他最好永远都不要回来……

萨朵拉知道她一直在想象着各种可能性，但当她正视这些想象时，那种奇特的兴奋感愈发强烈了。事情不会这样继续下去，农场主不会一直待在这里，就像黎明不是白昼，一旦天亮，农场主终将离去。

割草的工作马上要开始了，农场那边需要主人，他得去干活儿。萨朵拉跳起来，走到碗柜——也就是犹卡的碗柜前，拿出了克洛夫特的契据。上面写了满满一整张纸的文字。她打开收据，上面写着：

“在上述购货价格中，一百马克……”

“一百五十马克……”

最后——上面的签名和笔迹都很清楚：“上述购货价格五百马克已收悉，谢谢。”

萨朵拉把契约又按同样的折痕折了起来，但她没有把它放回原来的柜子，而是把它塞进了自己的衬衫里。然后她走出客厅，来到走廊上，站在那里望着外面完全陌生的景色。那份契据太大了，在她怀里有点儿放不下，比昨天晚上的钱要大得多——不过它还是被她牢牢收了起来。这个清晨有些潮湿，奶牛和小牛都还在睡觉，毕竟太阳还没完全升起。但现在是星期一早上，路上不会有人来，至少现在不会。

农场主被萨朵拉推醒，虽然他还有些昏昏沉沉的，但也立刻发现了萨朵拉胸前口袋里装的东西。

“我要不要再写张五百马克的契据？”他凑近她的耳朵轻声问道。

“上次有必要给这么多吗？”她也悄声说。

早晨的阳光充足，农场主看着身边这个女人疲惫的脸，他站起来，慢慢地下了床。“橱柜后面还有一些啤酒。”萨朵拉说。

农场主摸到杯子，贪婪地喝了一大口，吸了一口气，又喝了一口。

然后他就离开了。

第四十七章

祖母并没有看错。

马努和这位艺术家也听到了汽车启动的声音。这个时候泰里兰达家的所有人都在享受愉快的睡眠，没有人看见汽车开走了——除了老太太，她根本没有睡着。她只是感到疲惫。

对马努来说，当他把一个烧坏了的木炭坑留下时，就像是把他生命中的某个阶段留在了身后。每当有一次这样的经历，都让他觉得自己变老了。他缓慢地划着小船向家的方向驶去，不时地打个哈欠。艺术家的小船也越划越远，船桨的声音也越来越微弱，马努曾经揣度过艺术家的过去，但是他现在对此并不是很感兴趣，因此并没有向艺术家打听。最重要的是，他也没这么多时间想这些无关紧要的事。

马努把他的船拉上岸来，在水边慢吞吞地忙活了一阵儿。当他爬上陡峭的斜坡时，他也会抽空停下来欣赏一下周围的景色。他面前有一间灰色的小屋，旁边是一间被烟熏黑了的开放式厨房，壁炉里的一堆圆形石头上放着一只同样被烟熏黑了的锅，厨房边还有一块长得很茂盛的烟叶地，那儿的植物没有因为霜冻而枯萎。门的钥匙在一块石头下面。阳光灿烂，马努的宠物鸟在唱歌。他没给这只鸟起过名字，也从来没有好好照看过它，不过他能从众多鸟儿的声音中辨别出它的鸣叫。在这一声声欢快的歌唱中，马努默默地走进了屋子。

家里还是老样子，马努的妻子贾可妮躺在角落里的床上，无论醒着睡着都没有太大的区别，因为她已经瘫痪多年了。她不能讲话，不过，她又开发出了另一种能力——用眼睛来表达她想说的话。因此家里人，尤其是她的女儿莱蒂，总是能领会她的意思。这种默契使得小屋的氛围格外温馨。人们对此感到十分惊讶——他们无法想象马努一家是如何维持生计的，更无法想象为什么贾可妮总是拥有如此干净的床单。马努的儿子卡勒出去闯荡了，但他并不是个浪荡子，而是一个稳重且值得尊敬的单身汉。他总是给家里写信，给母亲捎点儿“小东西”。

莱蒂虽然还小，却习惯了一有轻微的声响就醒过来，所以她现在就醒了。

“妈妈一切都好吗？”马努习惯性地询问。

“是的。”

马努在厨房和客厅之间的通道上闲逛，天越来越亮了，他在外面找了些活计。就在这时，他听见汽车离开泰里兰达家的声音。贾尔马里家里到底发生了什么？

马努虽然对此感到疑惑，但毫无恶意。带着这样的疑虑，他关上了门。

当那位艺术家回家时，他也听到了汽车引擎的启动声——这是第二次回家，他的心情和上次大不相同。他现在并不特别着急，他明白自己要做什么。在某个时刻，他还回头看了看身后，然后把他的小船驶向岸边，把它拉上岸，然后才向房子走去。走到半路时，他听见从远处的泰里兰达家传来的汽车离开的声音。太阳已经把明亮的阳光洒向每一个角落。这明亮的光辉对这位艺术家产生了非凡的影响。他觉得自己好像和其他人——泰里兰达老爷、马努，还有其他许多人一样，没有什么分别。在山顶上，他沐浴着朝阳重温了自己的青春，感觉自己又回到了那青年时代。

他进了屋——上次他出门时，妻子没有锁门。他脱下衣服上了床，他的妻子回应了他的拥抱，没有睁开眼睛，也没有说一句话。

第四十八章

在每年的这个时候，北方还没有迎来真正的夜晚。紫罗兰色的星空下，夜的乐曲还没有停止，早晨的小提琴就奏起了明亮而清晰的旋律，其他的乐器也随之响起，演奏出一段激情澎湃的旋律。云雀被这激昂的歌曲鼓舞了，它们一飞冲天，钻到了云层里。无数黄莺齐声鸣叫起来，歌声划破了天际。人们很难想象，这样如拇指一般大小的鸟儿，胸腔中怎么会爆发出如此强大的力量！

北方的夏天鲜有完全漆黑的夜，那些习惯了北方环境的生灵，无论是鸟、兽还是人，都很少需要睡眠。当贾尔马里把借走的那匹烈马归还的时候，它根本没有躺下来休息，而是拼命地吃草，偶尔抬起头来环顾一下四周，呼哧几声。当贾尔马里把缰绳放回到那根杜松枝上时，女仆埃米那张松弛的脸出现在面包房的窗口。她一定是想在那里看看贾尔马里到底有多倒霉，反正一年中的这个时候，睡眠是无足轻重的。

赫尔卡走下祖母家的台阶，亚尔维特跟在后面。

从村里回来的路上，他们很少说话。

“那孩子多可爱、多干净啊！”赫尔卡用一种温柔、恍惚的语气说。

“是的，她母亲也是，”亚尔维特回答，“奇怪的是，一个女人在母性光辉的照耀下会变得这么漂亮。不管怎么说，这个农夫的妻子是漂亮的，你注意到她苍白的脸上流露出的崇高和纯洁的喜悦吗？世界上最美好的东西莫过于纯洁的母爱。母爱会在孩子降生的那一刻表露无遗，不过母亲也会在孩子学会走路和说话时露出那样的表情。我曾经看到一位年轻的母亲，她的眼睛、皮肤、身体的一切都闪耀着少女般的光彩。”

“她的丈夫真是好福气。”赫尔卡用充满爱意和亲密的语气说。

他们从村子回来的时候就是这样，赫尔卡一言不发地走回自己的房间里，在那里待了一会儿。不过，亚尔维特非常肯定她会回来的。

果然如此，她又一次出现在他的面前，她的眼睛、她的脸、她的整个身体都闪耀着温暖的、夏日的光辉。

亚尔维特注视着赫尔卡，觉得自己似乎刚刚从梦境中醒来。他似乎一直在做梦，或者更确切地说，他一直在有意识地跟着幻象走。幻境中，阳光普照着大地，一个农夫正在田野间耕作。大地变成了健康的麦肤色，人们的汗水在阳光下闪闪发光……

阳光照在了亚尔维特的脸上，透过他的眼睑散发着光芒。他拥抱着可爱的赫尔卡，她慵懒的目光落到亚尔维特身上：“我像你刚才说的那位年轻的母亲一样漂亮吗？”

亚尔维特没有直接回答她，而是说：“看看这里，黎明多么美好，但天马上就要变亮，人们又开始忙碌了。”

“可是这才是最美好的时刻啊。”赫尔卡看向了渐渐苏醒，变得热闹的农场。

“而我要离开了，我得在人们醒来前离开啦。”

“那就带上我吧。”赫尔卡笑盈盈地说，“不管你去哪儿，我都要跟着你，尽管这样说有些奇怪，但我觉得我生下来就是为了这一刻。”

“我们走吧，让我们为这两个夜晚落下完美的帷幕吧。有一天，当我们回到这里时，它们将成为留有我们记忆的地方，它是神圣的、庄严的，而我们会将那些微不足道的琐事丢到一边。”

于是，他们就这样沿着洒满夏日早晨明媚阳光的道路出发了。